编委会

编委会主任　任羽中

主　编　罗　玲　郭俊玲

副主编　王颜欣　赵梦秋

摄　影　肖梦涯

编　委（按姓氏拼音排序）

　　　　朝冉冉　陈　波　陈雪霁　戴璐瑶

　　　　耿　姝　郭　超　郭雅颂　胡绍聪

　　　　黄昭华　李　霁　孟　宾　宋　鑫

　　　　汤继强　王　蓓　王小玥　杨起帆

　　　　于晓凤　张　疆　张　琳　张　硕

看见身边的光

北大一线劳动者的真实故事

北京大学党委宣传部 编

罗玲 郭俊玲 主编

王颜欣 赵梦秋 副主编

肖梦涯 摄影

北京大学出版社

图书在版编目(CIP)数据

看见身边的光：北大一线劳动者的真实故事 / 北京大学党委宣传部编；罗玲，郭俊玲主编 . — 北京：北京大学出版社，2024.5
ISBN 978-7-301-34980-9

Ⅰ . ①看… Ⅱ . ①北… ②罗… ③郭… Ⅲ . ①纪实文学 – 作品集 – 中国 – 当代 Ⅳ . ① I25

中国国家版本馆 CIP 数据核字 (2024) 第 070285 号

书　　　名	看见身边的光：北大一线劳动者的真实故事 KANJIAN SHENBIAN DE GUANG：BEIDA YIXIAN LAODONGZHE DE ZHENSHI GUSHI
著作责任者	北京大学党委宣传部 编　罗玲，郭俊玲 主编
责任编辑	李书雅
标准书号	ISBN 978-7-301-34980-9
出版发行	北京大学出版社
地　　　址	北京市海淀区成府路205号　100871
网　　　址	http://www.pup.cn　新浪微博：@ 北京大学出版社 @阅读培文
电子邮箱	编辑部 pkupw@pup.cn　总编室 zpup@pup.cn
电　　　话	邮购部 010-62752015　发行部 010-62750672　编辑部 010-62750112
印　刷　者	天津联城印刷有限公司
经　销　者	新华书店
	890 毫米 × 1240 毫米　32 开本　7.5 印张　167 千字
	2024 年 5 月第 1 版　2024 年 5 月第 1 次印刷
定　　　价	78.00元

未经许可，不得以任何方式复制或抄袭本书之部分或全部内容。
版权所有，侵权必究
举报电话：010-62752024　电子邮箱：fd@pup.cn
图书如有印装质量问题，请与出版部联系，电话：010-62756370

目录

001 咱们
北大一线服务人员人物肖像照

093 看见身边的光
他们的故事

序

　　博雅四时，未名朝夕，北大的生命力和活泼气象，既源于历史使命和时代责任，也来自在此扎根、栖息和不断成长的人们。而北大"兼容并包"之精神，在于涵育学术、引领智识，也在于坚定相信并热切鼓励着每一个体绽放的无限可能。

　　在师生的砥砺奋进之外，后勤工作人员和劳动者们也同样是北大校园不可或缺的组成部分。他们以岁月为承诺、以劳作为实绩，守护着燕园的洁净、有序与安宁。

　　习近平总书记指出："必须牢固树立劳动最光荣、劳动最崇高、劳动最伟大、劳动最美丽的观念，让全体人民进一步焕发劳动热情、释放创造潜能，通过劳动创造更加美好的生活。"2022年，北京大学发起《咱们：看见身边的光》特别策划，邀请艺术学院博士生肖梦涯，为44组、54名北大一线服务人员拍摄人物肖像照，并在北大第二教学楼公共空间开设了肖像展览；北京大学官方微信公众号也同步策划了"身边的光"内容专题，选择其中的劳动者代表进行人物深度专访，通过肖像摄影、纪实视频、文字报道多平台推送等线上、线下多元融合的方式,向更多人分享这份真挚的感动,获得了持续而广泛的社会关注,并荣获"2022年度北京高校精神文明建设工作十佳案例"等奖项。

穿上工作服,他们是为北大提供后勤服务的劳动者;走到灯光下,北大的"幕后英雄"们也各自拥有精彩的梦想、憧憬与丰富人生。

他们与北大人的联结,是一只美味新鲜的包子,也是每日重逾一万四千斤的米饭;是顺利送到手中的快递,也是修好如初的自行车;是不曾间断的一炉热水,也是风雨之夜不会熄灭的一盏灯。他们中,有用青春自学成才的技术达人,也有执手相伴、共同坚守的伉俪;他们的工作,是"冲在第一线"的无怨无悔,也是"随时待命"的相伴相随;是对燕园草木的精心呵护与浇灌,也是用淳朴的爱意,把宿舍变成北大同学的另一个"家"。39年、37年、36年、34年、33年……他们见证了北大的发展,也为北大奉献了最宝贵的年华。

2024年，这些北大一线劳动者的肖像照以及他们的真实故事由北京大学出版社出版。谨以此，向在北大奉献的一线工作人员致敬。

　　他们或许不是荡气回肠的英雄乐章，也不是学术史上闪烁的名字，却成为你我平凡生活中最踏实和温柔的底气，在时节如流中守护着笃定与恒常。无须惊心动魄的情节抑或言辞的壮怀激烈，有关时间的故事，在他们的日复一日地勤勉付出与无言劳作中，已然积累、绵延，成为简单而丰富的诗篇。

　　谢谢你们，咱们"身边的光"。

　　现在，请让镜头和文字，把默默无言、久久耕耘的你们照亮。

编委会
2024年3月

* 本书年份均保留以2022年为坐标。

咱们

北大一线服务人员人物肖像照

光荣和幸福，是劳动者应得的褒奖

每一位在岗奋斗的辛勤劳动者

都应享有被"看见"的尊重

被社会，被他人，更被自身

每一份付出，都值得被记录

每一个人，都值得被看见

这些名副其实的"北大人"

也是师生们身边的"光"

这是他们的肖像，也是北大的肖像

这是他们的故事，也是咱们的故事

平凡而伟大

温暖又明亮

致敬劳动者！

陈维静

» 会议中心对外交流中心会场部副部长
» 来校工作21年

她始终坚持星级服务理念,不断做好会议服务的细节确认,梳理与完善会议服务流程,将看似简单的会场服务做到极致,为数万场学校重要活动和学术会议提供优质的会场服务。

郭泽宁

» 会议中心中关新园管理部安保主管
» 来校工作10年

10年里,从安保部一名普通队员到安保队长,他荣获先进个人、先进管理者的光荣称号。作为跑步爱好者,哪怕严寒酷暑,他都坚持跑步。2020年,他完成了自己人生的首个半马。

蒋湘萍

» 会议中心百周年纪念讲堂管理部
　师生服务办公室服务组组长
» 来校工作13年

　　从大型演出到重要会议,她是讲堂服务工作的多面手。舞台上光影璀璨时,她组织学生志愿者团队完成场务管理,维护着两千余名观众的艺术体验。

　　作为讲堂运行的关键一环,她率领服务组高效运转,完成嘉宾接待、舞台献花、会议服务等众多工作。从业务骨干到文艺能手,她还承担讲堂参观讲解、礼仪培训等任务,活跃在党团工会文体活动的组织中。

卢亚娟

» 会议中心财务办公室派驻讲堂售票员
» 来校工作22年

透过那扇小窗口,从她手里接过那张入场券,你便可徜徉进艺术的海洋。在讲堂窗口售票工作的17年里,她总会耐心解答购票的师生和观众的问题,多次获得窗口优秀服务奖、优秀员工、个人鼓励奖和个人先进奖。

牛如斌

» 会议中心中关新园管理部园艺工
» 来校工作8年

园区近8000平方米的草坪、620余棵树木的景观绿化工作；对客区域、会议区域、公寓区域、办公区域300余株绿植的摆放和养护；300平方米的花房管理和绿植养护……他将燕园的美丽延伸到中关新园，将园区打造成宜居的绿色生态家园。

宋佳

» 会议中心中关新园管理部销售经理
» 来校工作3年

甜美笑容是她的名片,高质尽责是她的态度。她踏实肯干,责任心强,是一个有思想、有干劲、进步快的好青年,得到老师与留学生的好评与赞美。

王东隅

» 会议中心百周年纪念讲堂管理部艺术活动办公室
  演出策划、摄影
» 来校工作3年

他常年驻扎在演出一线,作为专业演出团体与北大的桥梁,为北大师生提供集知识性与艺术性于一体的优秀演出项目,不分昼夜地在线为艺术家答疑解惑。他还发挥自身摄影特长,拍摄了数万张精彩照片,摄影作品多次登上北大官网和各大媒体。

张浩

» 会议中心勺园管理部西点领班
» 来校工作1年

他参与勺园主题美食节菜品的研发与出新,也参与到勺园西餐厅六一儿童节亲子烘焙课堂活动中,与小朋友一起欢乐互动。今年,深受师生喜爱的勺园西餐厅"下午茶",也出自他手。

蔡传奇

» 餐饮中心米饭生产线班长
» 来校工作18年

　　凌晨4点，米饭班组开始筛米选米，浸泡洗米。24小时转完一圈，他们生产出的米饭，是14000斤。蔡师傅带领团队，研制出金黄燕麦与软糯白米1∶2混合的杂粮主食，口感更好了，色彩也更美了。

樊盈盈

» 餐饮中心新学五食堂合利屋前厅负责人
» 来校工作8年

"您好，欢迎光临""请刷卡""请稍等""谢谢"是盈盈工作中最常说的几句话，前来就餐的广大师生，都见过她温馨的笑容。

李云超

» 餐饮中心勺园食堂副食组领班
» 来校工作21年

人人都知,不应浪费粮食;少有人像他,厉行节约、降低成本,做到物尽其用。在勺园食堂里广受师生喜爱的宫保鸡丁、农家小炒鸡里,都吃得到他的用心。

史红肖

» 餐饮中心质检室食品检验员
» 来校工作20年

和看不见的"细菌"战斗,她每日往返于各个食堂,在后厨、洗碗间、售卖区对食堂的消毒、食品安全提出专业意见,进行监督检测……她是每一位师生"舌尖上的安全员"。

杨高武

» 餐饮中心学一食堂主食厨师
» 来校工作13年

他记忆力惊人,爱逗乐,老师和同学们叫他"老顽童""可爱大叔""主食男神"。有同学为他专门在未名BBS上发帖:"人无论做什么工作,只要有这种热情、诚恳、仔细、认真的服务态度,就是一个高尚的人。学一的杨师傅做到了。"

张宏 | 颜井山 （夫妻）

» 学一食堂冷荤间主管

» 勺园食堂主食班长

» 来校工作15年

» 来校工作19年

民以食为天。在这片天空下,他们相遇、相知、相爱。蜜汁烤翅、白切鸡、酱肉系列……张宏师傅主持研发制作的美食,都已成为学一食堂的经典菜品,深受老师和同学们的喜爱。

张顺兴

» 餐饮中心生产采购部冷库保管员
» 来校工作9年

在冷库,在地下,他常年穿着皮衣皮裤,来抵御-25℃的严寒。冷库是学校疫情防控的重点场所。"九年饮冰,难凉热血"。冰霜冻不住的,是一颗滚烫的心。

赵春月

» 家园食堂三层厨师长
» 来校工作11年

  北大人最多的共同记忆——鸡腿饭，他研发过；干煸仔鸡饭、肉末酱茄子、川香血旺饭和肉臊蛋炒饭……也尽出他手。其中，"干煸仔鸡饭"和"川香血旺饭"，被评为2016年度北京大学"十佳菜肴"。他也多次获得北京大学餐饮中心优秀员工、北京大学青年岗位能手等荣誉称号。

韩明明

» 动力中心大浴室班班长
» 来校工作18年

从每一个普通人里都能走出不普通的人。她曾在北京大学平民学校学习，学到知识的同时，她又把平民学校的精神传递。她还报名参加了成人高考，并且经过两年半的学习完成了成人大专的学业。一路走来，她不断成为更好的自己。

焦韩伟

» 动力中心供暖运行科锅炉班副班长
» 来校工作6年

年轻人都会经历一场暴风成长,就像他。2016年一个初出茅庐的供暖行业新兵,在持续的技术学习和实操锻炼下,成长为锅炉班和外网班的顶梁柱。

李蒙蒙｜郑志勇（夫妻）

» 3319校园环境与后勤报修平台班长　　» 来校工作10年

» 动力中心电管科开闭站电工　　　　　» 来校工作7年

踏实认真，是这对夫妻给人留下的最深刻最美好的印象。多次获得先进个人、服务标兵等荣誉称号的两人，还是一如既往，脚踏实地。

路双桂

» 动力中心电管科电工副工长
» 来校工作32年

电力系统是校园保障的血液。北大历年校庆、新生报到、毕业典礼、中国共产党成立100周年未名湖红歌会、校医院新冠疫情核酸检测、邱德拔体育馆新冠疫苗注射等校内重大活动现场,电力保障工作都是由他带队完成,如同校园的"心血管之泵"。

王加元 | 赵佃梅（夫妻）

» 动力中心供暖运行科副工长 　　　　　　　» 来校工作36年

» 动力中心供暖运行科冬季供暖季节工 　　　» 来校工作28年

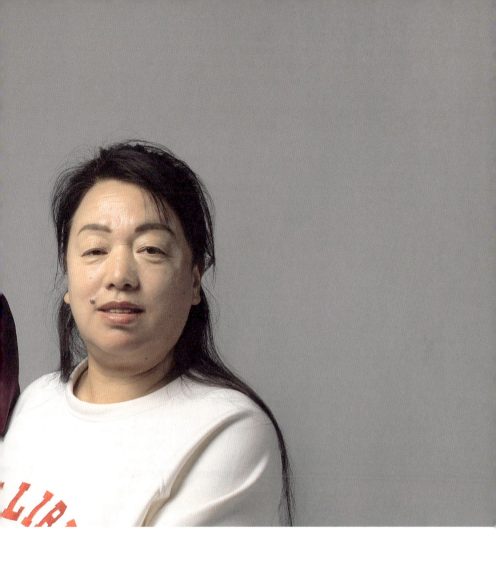

24岁那年,王师傅来到北京,进入北大工作,冬日供暖,夏日防汛,他从未出过一次差错。妻子赵佃梅,自婚后便随丈夫来京,参与北大冬季供暖软化水化验工作。夫妻俩一起,为北大的每一个冬天带来暖意。

王治东

» 动力中心供暖运行科锅炉班班长
» 来校工作18年

北京大学平民学校第二期优秀学员,多次荣获动力中心供暖先进个人、2014年北京大学青年岗位能手;作为一班之长,他带领锅炉班班组获得2021年北京大学青年文明号的荣誉。

董贯团 ｜ 武平兵 （夫妻）

» 公寓服务中心保洁员　　　　　　　　　» 来校工作11年

» 公寓服务中心综合服务大厅维修员　　　» 来校工作12年

日常学生公寓配套服务设施的维修,都少不了武师傅。他自学维修技术,从一名保洁员成长为一名维修技术达人,与作为公寓服务中心保洁员的妻子,肩并着肩,共同向前。

李代芬

» 公寓服务中心万柳公寓保洁员
» 来校工作3年半

  李代芬个头小，但能量足，不管多苦多脏都始终冲在前面，是万柳疫情防控保洁组的排头兵。不仅如此，在每一天的近距离清洁服务中，李代芬还主动发现和帮助同学解决生活中的困难，赢得了广大师生的信任和尊重。

李道年

» 公寓服务中心保洁员
» 来校工作19年

像传说故事里的"田螺姐姐",她让大家的校园更宜居。除了做好日常的保洁工作外,她还负责保洁用品库房管理,把库房管理得井井有条,细心备至,无一差错。

刘亚玲

» 公寓服务中心畅春新园4号楼楼长
» 来校工作9年

她熟悉这楼里的每一个角落。在她这里,同学们就是自己的"孩子",她所做的,就是把这栋楼变成孩子们的"家"。

申建龙

» 公寓服务中心万柳公寓安保部班长
» 来校工作4年

他虽然在北大工作时间不长,却迅速融入角色,成为一名熟悉万柳各个角落的北大人。在疫情期间,他协助做好园区疫情防控、隐患排查和各类综合治理工作,始终任劳任怨,遇事耐心解释,守护了万柳学区一方平安。

史梦潇

» 公寓服务中心万柳公寓前厅部组长
» 来校工作8年

作为海淀区"青年文明号"光荣集体的一员,史梦潇工作细心、耐心、热情,和前厅部的同事们为师生提供24小时线上和线下服务,是同学们眼中的"全能知心姐姐"。她和同为万柳员工的爱人刘海青一起,将捡拾的6000余元现金分文不差地交还给已毕业的学生,成为同学们心目中不上讲台的"老师"。

王庆宇

» 公寓服务中心万柳公寓配电站综合维修电工
» 来校工作6年

  虽然作为一名电工，他的工作内容更多关于电力装置、变压器、高压设备，但他同时兼任了自己的"老师"，不断总结、积累工作经验，空闲时，有针对性地学习电力拖动运行维护、自动化控制等专业知识，提高自己的工作业务能力。他与自己，教学相长。

朱一芳

» 公寓服务中心学生公寓30楼楼长
» 来校工作9年

累计服务学生数千人,被孩子们亲切地称呼为"知心阿姨"。

刘汝昕

» 校园服务中心车辆管理科科室负责人
» 来校工作32年

多年来,单位似乎成了他的家。为了提高车辆运行效率和车队服务品质,他常常为了工作,放弃休假。有一次做了手术,出院后,他又很快返回工作岗位,就像回家一样。

王玉凤｜吴来友（夫妻）

» 校园服务中心综合事务管理科教室区区长　　» 来校工作12年

» 校园服务中心绿化环卫管理科主管　　　　　» 来校工作33年

每年学校五一、十一的花卉布置工作及平时的花坛布置，都是吴师傅组织完成的。妻子王玉凤，是教室区区长，负责公共教室保洁管理。除了夫妻俩，他们的父辈也是北大人，一家人在北大，工作，服务。

薛春生 | 朱小红（夫妻）

» 校园服务中心绿化环卫管理科绿化工 　　　» 来校工作22年

» 校园服务中心综合事务管理科保洁员 　　　» 来校工作14年

薛春生对校园内每一株树木、每一片绿地都深怀情感。遇到大风雨雪等极端天气时,他随叫随到。妻子朱小红是综合事务管理科普通员工,恰好,5月1日是她的生日。

杨小东｜王淑花（夫妻）

» 校园服务中心绿化环卫管理科主管　　　» 来校工作26年

» 校园服务中心绿化环卫管理科绿化工　　» 来校工作17年

夫妻携手,为校园撒下一片绿茵。杨小东,无论风雨病痛,总是带头冲在一线,被评为北京大学2020年抗击新冠肺炎疫情先进个人、北京大学2021年优秀共产党员。爱人王淑花,同为绿化环卫科职工,在校园绿化、各项后勤服务保障中同样贡献力量。不仅相爱相守,而且并肩向前。

姚清明｜郑玉兰（夫妻）

» 校园服务中心绿化环卫管理科荒山护林班班长　　» 来校工作39年

» 校园服务中心绿化环卫管理科绿化工　　　　　　» 来校工作37年

夫妻俩扎根昌平200号绿化基地近40年，义务种树、开荒护林。姚清明多次荣获区级、市级绿化美化积极分子以及全国绿化奖章，获评北京大学优秀共产党员，并当选北京大学第十二次党代会代表。2020年荣获北京大学抗击新冠肺炎疫情先进个人。2021年，他荣获全国五一劳动奖章。

张书清

» 校园服务中心综合事务管理科班长
» 来校工作34年

从烧柴烧煤集中供水,到现在每栋宿舍楼开水器独立供水,他一路见证了技术和生活的不断演变。现在,他每日坚守在开水器运行管理工作的岗位上,说话很少。认真负责,踏实细心,他没说,行动替他说了。

杜建华

（双胞胎哥哥）

» 保安大队燕园大厦班长
» 来校工作9年

"9年前，我从电视上看到一位北大保安员写的一本书《站着上北大》后受到感染，也想来感受一下北大的氛围，于是我坐上火车来到北大，经过面试成为一名北大保安。"

杜龙华
（双胞胎弟弟）

» 保安大队西南门班长
» 来校工作9年

"我小时候性格有点内向，几次尝试着去打工都没能成行。后来哥哥告诉我，北京大学不但环境好，老师同学也好，主要是，跟他在一起不会想家，我同意了。"

杨保峰

» 保安大队应急南区分队长
» 来校工作18年

获奖又立功,一路向前走。他曾先后获得了个人嘉奖六次,个人三等功一次,被评为北京大学2020年抗击新冠肺炎疫情工作先进个人。荣誉傍身,他继续向前,工作期间学习进修,获得了北京大学继续教育学院大专学历。他从未停下脚步。

赵满义

» 保安大队东区巡逻班长
» 来校工作7年

　　先后获得了个人嘉奖五次,北京大学保卫部"优秀保安员"两次。2019年获得新中国成立七十年安保工作嘉奖,2020年获得北京大学疫情防控工作先进个人嘉奖。

陈雪松 ｜ 陈焕彩 （夫妻）

» 图书馆综合管理中心驾驶员　　　　　　　» 来校工作9年

» 餐饮中心燕南美食冷荤间工作人员　　　　» 来校工作16年

踩下油门，发动引擎，丈夫开着车，往返于北大本部、昌平校区、国家图书馆等处，为师生取回所预约或馆际互借的图书。按下菜刀，挥洒佐料，妻子在冷荤间为师生制作可口菜肴。夫妻俩一起，为人们传送知识和美食。

刘玉中

» 图书馆综合管理中心后勤维修工
» 来校工作7年

植物花卉,桌椅板凳,都找刘师傅。北大图书馆曾被在校生评为"全校绿植密度最高的建筑",大量绿植都是他在细心呵护;图书馆有关桌椅的维修诉求,也是他去处理。

崔姣

» 二教一层麦隆咖啡咖啡师
» 来校服务5年

在第二教学楼一层的麦隆咖啡,指挥色觉、味觉、嗅觉,调度笑容、礼仪与言语,为师生捧来一杯杯香浓的咖啡,制造一刻美好惬意的时光。

蔺庆刚

» 47楼北侧集装箱修车铺维修师
» 来校服务16年

2006年来到北大,从事自行车维修服务,"其实啊,那时候就是我的骄傲了",16年来,修了近50万辆自行车,"可以不用吹牛地说,应该是中国最忙的一家"。

张兆一

» 34楼近邻宝快递员
» 来校服务2年

日日夜夜,奔走四方,装卸、打包、扫描、分类……把来自天南地北的快递包裹及时准确地送达师生手中。

肖像摄影师

肖梦涯

» 北京大学艺术学院2021级在读博士研究生
» 2016年于纽约帕森斯艺术学院获得摄影硕士学位

他的作品横跨摄影、雕塑、装置三种主要媒介，擅长用多种材质和灯光的组合营造一个熟悉又陌生的奇幻世界。

创作经历

个人展览：
2022《咱们：看见身边的光》，北京大学
2019《梦涯》，北京金融街金融客艺术中心
2018《生命的沉潜》，北京大学

参与展览：
2016 In An Echo，Arnold and Shcila Aronson画廊，美国纽约
2015 Dispositive，平遥国际摄影节，中国平遥
2015 Shared Value，Photoville，美国纽约
2015 Hyphen，天普大学三角画廊，美国费城

看见身边的光

他们的故事

2022年五一劳动节

北京大学

发起《咱们：看见身边的光》特别策划

为54名北大一线服务人员拍摄人物肖像照

涓滴积聚成海，岁月自有光芒

平凡的努力值得被看见

而后，推出的系列专访

让我们走进其中一部分劳动者的故事

蔡传奇

18年,他在北大的"传奇"
从每天凌晨4点开启

24岁进入北大

他以燕园为家

在此默默倾注了18载光阴

每年工作360天 每天从凌晨4点开始

他带领生产小组让颗粒饱满、软糯清香的米饭

从车间来到师生的饭桌前

工作时雷厉风行、一丝不苟

提及家人时满面春风、眼角弯弯

"爸爸在北大等你"

是他对孩子的思念和祝福

他是北大餐饮中心米饭生产线班长

他有一个响亮的名字——蔡传奇

一个润物无声的"传奇"故事

一条线,18年

"一年365天,米饭班组在岗360天,位于农园南侧的这条米饭生产线,只在大年初一至初五的时候停工。为了保障午餐的米饭供给,北京大学餐饮中心米饭班组的早晨开启于凌晨4点。"

作为全北大"起得最早"的人之一,这样的工作日程,米饭生产线班长蔡传奇已在北大体验了18年。他从"小蔡"变成了"老蔡",也从青葱小伙变成了成熟老练的"定海神针"。北大对他而言,已是家一样的存在。

天还没亮,北大的"米饭后勤队"已然有条不紊地运转了:检米筛米,放水上米,浸泡洗米,明火蒸米,检查入箱……一整套工序下来,白米饭颗粒饱满,清香软糯。从10点开始,一切检查无误后,一箱箱米饭便从农园南侧的生产中心出发,配送至各个食堂,为全校师生提供强有力的食品后勤保障。

"米饭班组一共有7个人,每天生产的米饭重逾1.4万斤",生产工序都在一条流水线上完成,井然有序,"我们的米饭都是明火蒸的,比电饭煲做出来的好吃。"蔡师傅自豪地介绍道。

2002年,北大引进现代化米饭加工流水线设备。两年后,24岁的蔡师傅带着对北大的憧憬和向往,从家乡来到北大工作。"虽然没有考上北大,但是来这里工作也觉得非常自豪。"

日日夜夜的陪伴守候,蔡师傅和这条流水线的设备已然产生了浓厚的感情,只要在它们身边,看见它们在正常运转和生产,蔡师傅就倍感踏实、幸福。

谈及这些年来的工作,一次"虚惊"让蔡师傅记忆犹新:"学校的水管有一天因为施工被不小心挖断了,所以上午八九点的时候就停水了。没水就没法洗米蒸米,那学生中午怎么吃饭?"餐饮中心紧急联系水厂,一桶一桶干净清澈的水靠人力运送过来,蔡师傅带领班组立即下手淘米。

6月的北京酷暑难耐,车间仿佛蒸笼,恰巧又赶上排风设备故障,米饭班组全体成员在闷热不透风的车间里蹲着淘米,热浪裹挟潮湿，稍一起身就会被机器的高温灼伤。

回想起来，蔡师傅仍觉"惊心动魄"，不过很快就转为了自豪：

"即便如此，我们还是一点都没耽误。几千斤大米全是人工淘出来的，当天中午所有的米饭也都按时送到了。学生完全不知道这饭都是手工做成的。"

"众口也能调"

"北大是常为新的，北大食堂也要常常创新！"

北大的米饭做法，几十年来一直是比较传统单一的大白米饭。然而2022年，全新的燕麦混合米饭在北大各个食堂悉数亮相。

"好多同学都是专门去点燕麦混合米饭，这米饭农园有，家园有，燕南也有。这是我带领我们团队研发出来的。"提到这次创新，蔡师傅难掩开心的笑容。

改革传统米饭做法原本只是内心的一个小想法，餐饮中心提出研发新产品的要求使蔡师傅更加笃定，他决定带领团队做出一款好吃又健康的米饭。"我在琢磨这个事儿的时候，手机里正巧放着短视频。看到家里电饭煲能做出燕麦白米混合的米饭，就想着能不能搬到我们的大炉里面，咱们也给蒸出来。"

有了这个想法后，蔡师傅和团队便开始马不停蹄地进行实验。燕麦营养价值高，但燕麦饭的口感相对要粗糙一些，吸水性和蒸煮的温度和普通的稻米不一样，不同厂家和批次的燕麦品质也不同。如何保证燕麦饭的口感和营养成分兼备，这是蔡师傅遇到的难题。

从燕麦和大米的配比,再到浸泡时间、吃水量、蒸煮温度……蔡师傅和团队挨个尝试,逐一击破。看似简单的一碗燕麦米饭,从产生于短视频的一个想法,到将它们完美地呈现在大家的餐桌上,"真是费了不少工夫"。

回忆起这18年的工作点滴,蔡师傅说"工作更像三步走"。第一步是作为新手,熟悉各种操作与规程,适应每天的节奏。重复和枯燥的工作没有磨灭蔡师傅的热情,第一步的稳扎稳打使他在第二步的日常工作中游刃有余。

"现在是第三步,我能总结出自己的方法,也能做一些改进,从而压缩运营的成本。以前只知道埋头干活就行了,现在可以说是体力和脑力的双重配合。"

这套和蔡师傅朝夕相伴的、在北大已经工作了20个年头的米饭流水线设备仍在不断焕发新的生命力:"我跟这套设备已经有感情了,我们正在研究如何用这套老设备做出更多营养搭配的大米饭。"燕麦米饭之后,对满足不同口味的杂粮混合饭的研发,还在如火如荼地进行中。

"爸爸在北大等你"

蔡师傅话少内敛、稳重可靠
但提起自己的家人
却眼神发光、嘴角带笑

在其他人回宿舍休息时，蔡师傅常常会待在值班室里读书看报。值班室不大，靠里是一张小床，接着是两张简陋的桌子，上面整齐地摆着一些书和文件夹，墙上还贴了一张纸，写着与工作相关的事项。

一进屋，就能看到桌子上摆放的一个纸盒，上面写着"手机存放处"，这是米饭生产线的师傅们在进入生产线之前要做的第一件事——放下手机。在这里放下手机、穿上工作服、戴上厨师帽，而后才能开始一天的工作。

闲暇时，蔡师傅会欣赏窗外的风景——窗外正是一条从学生宿舍到教学楼要经过的路。每天上下课的时候，很多北大学子都会从

蔡师傅和妻子

这条路上走过。蔡师傅说:"每天看到学生从宿舍走到教学楼,状态特别带劲。北大的学生们充满了青春活力,让人感觉生机勃勃,就像毛主席说的'早晨八九点钟的太阳'一样。"

结束一天的工作后,蔡师傅偶尔会到五四操场夜跑。日常没什么娱乐时间的他,会用跑步来缓解一天的疲惫,也在微风中感受生活的惬意,"和同学们一起跑步,感觉自己也变年轻了"。

蔡师傅话少内敛、稳重可靠,但是提起自己的家人却眼神发光、嘴角带笑。他的妻子和他是同乡,也是北大后勤人员的一分子;他的孩子目前在上高二,正处于准备高考的关键阶段。前几天给孩子打电话,他鼓励孩子:"爸爸在北大等你,来了我给你做米饭吃!"受到父亲的感染,蔡师傅的孩子也把考北大作为自己的理想。

北大于蔡师傅而言,不仅是年少的向往和多年的工作地点,更是相互见证成长和变化的"老友"。他在北大的生活简单,却又如静水一般流深。他"润物细无声"的服务与付出,早已缓缓浸入北大师生每天习以为常的生活中。

这世上有多少耀眼夺目的花朵枝叶，就有更多软沃无闻的泥土。在燕园，像蔡师傅一样默默付出的人不计其数。每当我们聚焦到其人其身，总会为他们身上坚韧、温暖的生命力量所深深动容——

这力量生生不息，让个人挥洒光芒，也为社会注入活力。

文｜杨蕊菡、刘亚凡

姚清明 | 郑玉兰 （夫妻）

近40年,他和妻子坚守于北大的这片土地

20岁来到北京大学昌平200号校区
他在这3570余亩荒山大展身手
从曾经的荒山野地
到如今的郁郁葱葱
包含了他点滴汗水的悉心浇灌
2013年,他获得绿化最高荣誉
——全国绿化奖章
2021年,荣获全国五一劳动奖章
近40年的时间里
姚清明和妻子郑玉兰携手
坚守于这片绿化基地
与青山绿树相伴
在最为质朴的大地上
用赤诚真心实践着播撒希望的事业

荒山为家,筚路建园

三千余亩,是多辽阔?

1983年6月,20岁的姚清明来到北京大学昌平200号校区,开始从事荒山绿化工作。初出茅庐的小伙子,有的是力气和胆量。3570余亩荒山,就是他大展身手的舞台。

1981年,国家开展全民义务植树运动。北京大学在市教委指导下,选择了昌平200号附近的小虎峪山作为荒山造林基地。40年前的小虎峪山,碎石遍布,杂草丛生。远远望去,山上光秃秃的,罩着一层毫无生机的灰蒙,寻不见一簇翠绿。

姚师傅的工作,就是从这里开始。

"前20年的工作就是植树造林、挖树坑、种树、养护管理。"

挖树坑是荒山造林的第一步,也是最重要的一项工作。听起来简单的工作,却是最累、最艰苦、最具考验的。水平条的标准是长1.5米,宽50厘米,深40厘米;单个树坑的规格为长75厘米,宽50厘米,深40厘米,还要额外打15厘米高,20厘米宽的埂。水平条和

前排右一为姚清明　　　　　　　　　　姚清明与同事在小虎峪山工作

单个树坑，都要求四角垂直，不能挖成"锅底坑"。荒山的地形陡峭，土质偏硬，石头很多，工人们不仅要花力气挖出合适的树坑，更要克服对地形地势的恐惧，保证自身的安全。

晨兴上山，露水沾湿了他们的裤子和鞋袜；戴月而归，疲惫考验着每个人的身体素质。在强度颇高的体力劳动下，姚师傅和同行的工人们，手上常常磨出血泡、扎进木刺。

树坑质量的好坏，关系树木的成活率。一丝不苟、认真负责的姚师傅，还承担着树坑质量验收的工作。先由他检查树坑的质量，再交由十三陵指挥部林场检查。"我说过绝不能让不合格的坑通过我的手出去。"这是姚师傅的态度和承诺。

根据北京的气候和荒山条件，雨季是种树的最佳时间。姚师傅和工人们栉风沐雨，背着树苗，在陡峭湿滑的山路上艰难行走，一年穿烂几双鞋是再正常不过的事情。遇到下雨天，他们常常需要披着塑料布，顶着劈头盖脸的暴雨栽苗。若是降水量不足，他们还需要往山上背水。40斤重的水桶，姚师傅和工人们一次挑两桶，运水上山，浇灌树苗。有时候一走就是多半天，肩膀经常压出血泡。

"看着树苗长大，就像看着自己的孩子一样。"

20世纪八九十年代，响应国家号召，北大学生每年都要参加义务植树劳动。姚清明与其他北大教职工一起，带领学生上山种树。很多学生都是第一次种树，他耐心指导，帮助同学们找树坑、挖树坑，遇到缺土的树坑，他现场示范教学，用衣服兜土运过来填补。山高坡陡，他心系学生的人身安全，引导同学们站位上下错开，并拉开适当距离，以防坡上的石头滚落造成伤害。他所带的班级总是最早、最快地完成当天的植树任务。

那些由姚师傅亲手栽种下的不到筷子粗、20多厘米高的树苗，

如今已经长到20多厘米粗、10多米高。整座荒山，从光秃秃的空无一物，变成了拥有70多万棵树的山林。夏日里远眺，绿汪汪的像波浪一般。姚师傅说，看着这山上满眼的绿色，就是我最快乐的时刻。

七万株花，何等灿烂？

筚路蓝缕，以启山林的20年，姚师傅摸索出了荒山植树护林的门路。照料一棵树已不在话下，培育一株花，却需要从零学起。

行经校园时，我们常常被路边、楼前各种造型的花吸引。每逢节日，燕园里摆放的鲜花，多是从昌平200号的花房里运送而来。一株盛放的花朵，需要姚师傅和同事们至少半年的悉心照料。

从一颗种子开始，播种、育苗、装盆、运输……苗圃培育也是一项技术性很强的工作。30多年的荒山造林经历，使姚师傅对自然界的一草一木都怀有深切的情感。他热爱与花草树木相关的一切工作，并心甘情愿为之付出。

怀揣对花木的热爱，姚师傅主动寻书，认真钻研，虚心请教，逐渐掌握了养花的技术。如今，昌平200号已有800平方米花房，承担着每年向学校提供六七万株节日和日常用花的任务。繁花簇拥，盛放的花瓣彰显着旺盛灿烂的生命力。正是用爱浇灌的花朵，才会张扬出如此明艳的色彩。

如果花木世界有灵，那么姚师傅一定是它们最可靠的守护神。北京大学的植树成活率达到95%以上，离不开姚师傅和工人们精心

的养护管理。

"三分种,七分养。只栽树不养护,只能是年年栽树不见树。"

幼苗浇水,及时除灌,护林防火,割防火道……细碎的工作内容,填满了姚师傅所有的心思。下雨天,树坑被雨水冲坏,姚师傅从专家那里学到了"一树一库"措施,刨割杂草,重新打埂;有时即使正在吃饭,遇到突发情况也要立即放下饭碗赶赴现场。荒山上,酸枣树伸出猖狂的枝丫,阻碍防火道的开辟。姚师傅带领工人们克服一切困难,每年都圆满顺利地完成任务。

近40年来,荒山3000多亩责任区从未发生过火灾事故。姚师傅为亲手培育出的山林,撑起了一片坚不可摧的保护屏障。

摄影师肖梦涯为姚清明、郑玉兰夫妇导览

40年，有多长久？

坚守在昌平200号近40年，究竟意味着什么呢？

也许是无言的。开荒护林已成为习惯，树木花草变成了伙伴。每天走在山林之中，看着茁壮成长的树木，从被呵护的小苗变成为他们遮阴的茂林。

也许是自足的。夫妻二人携手，赓续希望的未来。尽管皱纹悄悄爬上面庞，笑容却未曾离开。在这静谧的山林之中，他们扎根近40年。姚清明夫妇和这漫山遍野的树木一般，早已与这片土地紧密相连，不可分割。

"我把荒山造林当成自己的终生事业。我热爱这项事业，就能把心放在工作上，在本职岗位上为党为人民努力工作，尽职尽责，不求索取，甘于奉献。一心为公、一心为国家，为北大着想，要当一头老黄牛。"

1997年，姚师傅正式宣誓入党，成为北大后勤第一个入党的合同制职工党员。身为党员的父亲工作积极肯干，负责任，对姚师傅产生很大的影响。那时的他，已经决定在北大荒山基地一直工作下去。

认真负责的工作态度，出色的工作表现，使得姚师傅多次荣获区级、市级绿化美化积极分子以及全国绿化奖章，获评北京大学优秀共产党员，并当选北京大学第十二次党代会代表。2020年，姚师傅荣获北京大学抗击新冠肺炎疫情先进个人。2021年，他又荣获全国五一劳动奖章。

姚师傅的爱人郑玉兰，也同样在这片土地上工作近40年。半生心血，皆在此山。姚师傅常常说，要把工作当成自己家的事情。40年前意气风发的小伙子，如今已在昌平200号绿化基地深深扎根。他从心底认同，这里就是他和爱人的家。这里的一草一木、一花一树，早已成为他们家庭中不可或缺的一分子。

姚师傅热爱荒山造林的事业，也终于在这山林之中留下了永不磨灭的足迹。

文｜王静宇

蔺庆刚

16年,他在北大修了
50万辆自行车

32平方米的集装箱
他把这里变成北大"自行车王国"的坚强后盾
16年相逢相守
他与园子里的师生们一起
织就无数平凡又温暖的时刻

他将"普通"织成岁月的礼物

47楼北侧的集装箱,"中国最忙的修车铺"

2022年,《咱们:看见身边的光》人物肖像照在北大第二教学楼公共空间获得展出。其中包括北大自行车修理技师蔺庆刚。

这不是蔺庆刚第一次受到关注。2017年,自行车维修点搬迁时,师生及校内媒体撰文表示纪念;2018年,作为"深受老师学生们敬爱"的"修车师傅",蔺庆刚的经历载入北大建校120周年特别策划"120个故事"的第35则。

跟随艺术学院博士生肖梦涯的镜头,人们再一次将目光聚焦至47楼北侧的集装箱,自行车维修技师蔺庆刚笑言:"这是中国最忙的修车铺,16年修了50万(辆)吧。"

集装箱32平方米,进门便是气泵等器械,时而发出轰鸣;南北两侧用隔板分区,整齐码放自行车修理相关零部件。不大的空间被充分利用,且十分有条理。靠墙的位置有一张座椅,蔺师傅正是在此等待着前来修车的同学们。

  蔺师傅的修车流程简单明确：来维修的师生一般见到蔺师傅打个招呼，便自述车辆问题，蔺师傅前来检视，与同学确认方案后，上手维修。遇到感兴趣的同学，他还会讲授一些原理和自行车维修的基本知识，这也是一向沉默的蔺师傅为数不多"侃侃而谈"的时刻。

  白手套是蔺师傅的标配，用自行车车座软垫作为工作时的膝盖支撑，配以扳手、钳子等工具，他娴熟地把自行车提起、倒转，旋、换、按、拧，动作轻捷流畅；而往往伴随着一声"叮当"声落地，自行车便恢复了"元气"。

  蔺师傅并不耀眼，但对于整个燕园而言，却又绝对不可或缺。

"我在北大修车,16年了"

对于更多年岁较长的北大人来说,他们对蔺师傅的记忆多还停留在图书馆南门的维修摊点,蔺师傅带着他的维修三轮车,在那里驻扎长达11年。

2004年,25岁的蔺师傅来到北京大学,第一份工作是在老"家园食堂"附近卖自行车。"因为要卖自行车,懂维修便成了顺理成章的事。"2006年,正值修车铺招募修理工,蔺师傅便"转行"成为自行车修理技工,在北大学五食堂附近修车,一辆带货箱的蓝色三轮车,便是全部"家当",也是他最醒目的标识。10月中旬,做事稳重、靠谱的蔺师傅被统筹安排迁至图书馆维修点,承担自行车维修业务,图书馆维修点成为学校四个自行车维修点之一。

2017年,由于学校统一规划,学五、三教等地的修车铺拆迁。"当时很多老师、同学都帮我向学校反映申请一个棚子。"在师生们的建议下,北大专门为蔺师傅在47楼下配置了一个红色的集装箱用以进行自行车维修工作。蔺师傅的三轮车搬进了集装箱,从此无论

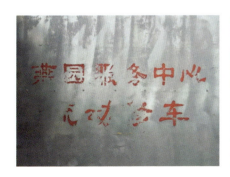

刮风下雨，终于有所安处。

"最忙的时候，一天修了180辆车"

自行车仍旧是北大学生最主要的交通工具，螺丝松了、轮胎坏了、刹车松了、掉链子等问题，虽然对于蔺师傅来说是驾轻就熟的小事，但对每一位自行车主人来说，对日常出行具有至关重要的影响。

作为校内唯一的自行车维修点，他不能也"不敢"放假，春节回家一次便是最长的假期。他甚至曾20个月没有回家。后来，由于疫情的原因，原先住在校外的蔺师傅更是直接住在了修车铺里。

蔺师傅的"官宣"工作时间是早上8点半钟到晚上8点钟，但实际上，他每天的工作时长远多于此。

"很多时候我8点多一点就到位了，但会告诉别人我8点半才上班，因为如果人家8点来了你不在，那就是不守信用了。下班也是一样，虽然春夏秋冬会有变化，但只要我跟学生约定了几点来取车，不到那个点我就一定不会下班。"

"信用"对蔺师傅来说极为重要。2008年，一剧组因拍摄需要至北大图书馆取景，希望蔺师傅停工一天，并给予报酬和补偿，但蔺师傅并未答应。"给我钱是没用的，如果搬走了同学来修车怎么办？"

"这不是钱的问题，这是信任的问题。修车这行，就靠这个呢。"

由于任一时段内，都有师生可能前来修车，蔺师傅的时间也被一辆辆自行车切割为碎片，自从事自行车维修工作以来，他几乎没

有看过电视,时间计算单位从"分钟""小时"变成了"辆"。

"最多的时候,几十辆、百十辆都是正常的。最忙的时候,一天能修180辆车。"

午饭和晚饭前后是一般人休息的时间,却往往是蔺师傅最忙的时候。学生下课、吃过午/晚餐前来修车,显得顺理成章,但对蔺师傅来说,却意味着他的每一餐几乎都匆匆解决,并随时可能被工作打断。

"疫情前最忙的时候,从来没有正点吃过午饭,晚饭经常会到八九点,甚至10点才能吃上。"

虽然忙碌,但蔺师傅还是会有条不紊、认真地对待每一位前来修车的同学,且帮忙调正车把、卸车筐等"举手之劳",一般不会收费,蔺师傅将其视为一种长久的默契和自然的习惯。但北大师生也深知蔺师傅辛苦,中秋、端午节时,经常与他分享节日佳肴;也往往希望能用一定的报酬来肯定他的劳动,这也让蔺师傅十分感动,"一些东西是免费的,但同学非要给我钱;或者这个东西就值10块钱,非要给我15块。我觉得这些都是同学们对我的鼓励"。

这些记忆和"人情味"在过往的16年中不胜枚举，面对师生的认可，蔺师傅抱有很深的感激之情，而这也是在共享单车入驻北大、疫情冲击等多重因素影响而导致营业额下滑，原有自行车维修技师依次撤出北大后，蔺师傅依然选择坚守于此的理由。

"时间会见证人心"

"我不太擅长表达的。"蔺师傅话不多，比起言谈和叙述，他更喜欢默默完成手中的活计。每一次拧螺丝、换轮胎，他都一丝不苟，长达16年的自行车维修经历更让他明白，吃苦、扎实地工作，是朴素却最有力的处世守则。

"首先是有比较扎实的技术，同时要有恒心、要坚持：做任何事都是这样。"

"我出身农村，家境不算好，没有什么吃不了的苦。"2017年搬迁至集装箱后，虽然相较流动的自行车摊点有了极大改善，但没有暖气和空调，冬天缺乏阳光照射，温度极低，手冻皲裂更是常有的事，"习惯了也就觉得没什么"。夏日酷暑难耐，但蔺师傅却平静地说："不忙的时候，去外面找个树荫待着，就可以了。"

蔺师傅说，刚开始做这份工作的时候，能力和技术也曾遭受质疑："年轻嘛，很多人也是会不太信任，质疑你的手艺可以不可以。那个时候我的处理办法就是，实实在在，一是一、二是二地去做；最后绝大部分人还是会改变原有的看法的，把该做的事情做好，时间会见证人心。"

正如蔺师傅所言,在北大16年的时间,也见证了他的坚韧与恒心,蔺师傅的人品与能力早已有口皆碑;而师生们在自行车、电动车出现问题时去找蔺师傅求助,也成为一种依赖和习惯。如果说寻觅一份"稍微稳定的工作"是他选择北大的初衷,那么16年的认真与踏实,让他将这份"普通"织成岁月的礼物。

在未来可展望的日子里,蔺师傅还会继续留在北大,与他的红色集装箱为伴,守护着北大交通的便捷与安全。这对于他来说,既是工作,也是无言的责任。而在大家心目中,那个常年在47楼下勤恳忙碌的身影,也成为北大一处"风景",象征着稳定、规律的生活秩序,令人心安。

几分钟的工夫,又有几位同学在排队修车了,蔺师傅拿起他的白手套从修车铺中走出,走到阳光下,将问题逐一解决,再目送一辆辆年轻的自行车,重新驶入初夏的风里。

文 | 隋雪纯

王加元 | 赵佃梅（夫妻）

于风雪间穿行，于烈日中跋涉

无论在北大的宿舍、教学楼还是办公楼
只要推开门
融融的暖意便能笼罩全身
这份安宁静谧的温暖背后
有一对夫妻
于风雪间穿行
于烈日中跋涉
无论深夜或黎明

气温骤降,他们让北大很暖

北京的气温骤降至零下,冷风成韵,滴水成冰。深秋才合页,寒冬已降临,让人不由加快了行进的脚步。

然而,无论在北大的宿舍、教学楼还是办公楼,只要推开门,融融的暖意便能笼罩全身。这份安宁静谧的温暖背后,有一对夫妻,日日夜夜投入北大供暖系统的排查、检修、抢修和更换的工作中,一干就是36年。虽然在校内有住处,他们却更喜欢到值班室待命,于风雪间穿行,于烈日中跋涉,无论深夜或黎明,都踏踏实实地为北大人带来安心。

这对夫妻就是北大动力中心供暖运行科的王加元和赵佃梅。他们在这里,他们的孩子也在这里,他们将青春时光倾注于北大,也把一家人的幸福生活都写进了北大的故事中。

两个人守护温暖的循环

博雅塔下,一体旁边,有几栋低矮的灰色房子。走进去,各处都是阀门和仪表,铁皮机器轰鸣作响,一条条管道将伫立的水罐相连,右边的通往图书馆以北,左边的则通往南面,都被清楚地标记着……这里,就是王加元和赵佃梅夫妻的值班室。

和天花板一样高的水罐是赵佃梅最常打交道的设备,她作为动力中心的冬季供暖季节工,一直负责北大冬季供暖的软化水化验工作,"直接将自来水烧热,会产生水碱,水碱会堵住暖气管道,所以得把自来水这一类硬水变成软水。我们一般用氨水来化验,不是软化水就显红色,是的话就会变成蓝色"。赵佃梅平时讲话慢慢悠悠,但聊起自己的工作来,话便立刻多了起来,目光也格外明亮。她说,通过操控水罐上的阀门,硬水得以变作软水,检验合格后,才能放心地送到校园内每一片暖气中。

值班室不远处,是北大最早的换热站,有着50多年的历史。"咱们学校里总共有24个换热站,最西南角的是43楼的换热站,还有二

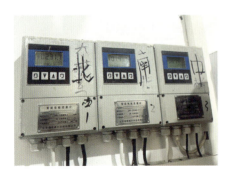

教地下室、吕志和楼地下室、外国语学院、政府管理学院、环境学院、法学院等都有换热站，邱德拔体育馆还有两个……"说起学校里的换热站，王加元如数家珍。进入北大以来，这些大大小小的换热站接连建起，也见证着王师傅维修、保障工作的点点滴滴。

王加元现在已经是动力中心供暖运行科副工长，承担着全校的冬季供暖维修和夏季检修工作，检修范围还包括校外的燕东园、中关园家属区、北大出版社等地，加起来足足有200多万平方米。为了保障顺利供暖，一年四季，王师傅总要带队钻入各个宿舍、教学楼、办公楼的地下室，挨家挨户地细致检查，投入到暖气管网的维护中。正是这日复一日的辛劳，他练就出一眼就看出问题所在的真本领："我只要看到冒热气，就知道是哪里漏了。"发现问题时，王师傅一刻也不敢松懈，总能以最快的速度找到漏点、及时修补。

换热站中的水循环也是夫妻俩在维护。到了冬天，锅炉水从校外的动力中心送来，在运输途中不断耗散能量，到了换热站往往就不够热了，因此需要用换热器再把水烧一烧，达到要求温度，才能输送到教室里、宿舍中……暖气中使用过的凉水，也需要先输送回换热站中重新热一热，才能得以循环利用。"换热站里的水循环得好，供暖才能不出差错，校园里的暖气才能始终热烘烘的。"王师傅笑着说。

这对夫妻保障着换热站正常安全的运行工作，守护着温暖的循环，守护着北大的"温度"。

"闲不下来"，让燕园寒冬如春

又到了夫妻俩一年中最忙碌的时节。

每年10月的尾巴，北大的供暖系统会开始试运行。暖气开始上水，为的是保障11月初的提前烧锅炉热水。这期间，大大小小的供暖问题都需要供暖中心的工作人员来解决。王加元说，在这个阶段一般没有上下班时间，哪里出现跑水、漏水的现象，他们都会随叫随到。

等到正式来了暖气，夫妻俩更是24小时严阵以待。无论何时何地，只要接到电话，王加元都会马上出工，立即到位。有时遇到房间没人的情况，还得立刻联系保卫部开锁，进行登记备案，来回折腾三四个小时是常态，而赵佃梅总会陪伴左右。即使已经到了退休的年纪，夫妻俩仍然坚守岗位，从未耽搁半点，生怕不能服务好师生们。

作为供暖队伍里经验丰富的老手，倘若碰上相当紧急而困难的任务，王加元都会毫不犹豫地冲在第一线。有一次，勺园食堂地下的换热器停摆，整整九栋楼的暖气全都停止工作。早上8点接到任务的王加元,带上几位同事第一时间赶往现场,紧急排查,即时抢修。连续工作6小时后,换热器得以正常运转,勺园室内重新温暖如春。

像这样的大问题虽然并不多见,但暖气不热、需要安装自动排气阀、上水响个不停等细碎的"小问题",已经足够把王加元的日常塞得满满当当。在他的手机里,有一个记录自己接单数的小程序,单看11月,2020年的出工记录是500余单,2021年就激增至700余单,2022年11月刚过半,就已经有了400余条记录。想到自己已经解决了这么多的供暖问题,王师傅笑得很是满足。

夫妻俩不辞辛劳地四处奔波着,中午没时间吃饭,晚上因为一个电话而整夜无法回家休息,为了查明漏水源头亲自下井、裤子湿到大腿处,都是常有之事,但他们早已习惯。好不容易清闲下来,相伴一同逛逛燕园,一圈下来,不约而同地都觉得有些不对劲,"要是多点活干就好了",王加元情不自禁地脱口而出,夫妻俩相视而笑。

携手相伴,从"北漂"到"北大人"

时间退回到36年前的冬天。24岁的王加元为了给家人带来更好的生活,来到北京闯荡,成为一个真正的初代"北漂"。当时恰逢北大设备科(现动力中心)招募职工,王加元便立刻抓住机会,就此进入北大。1994年,赵佃梅也跟随丈夫的脚步来到了这座园子。那时的北大,供暖事业才刚刚起步,没有天然气,只能烧煤,全校只有两个锅炉房,技术工人也十分紧缺。可以说在供暖这一领域,王加元和北大都是"白手起家"。在这之前,王加元并没有专门学习过供暖相关的技术,只能踏踏实实地"边干边学",跟随技术升级"需要什么学什么"。从一个初来乍到、没有经验的毛头小子,到在不断实践中学会看图纸、拆洗换热器的日渐成长起来的熟练工;从操作烧煤的锅炉,到管理机械化、自动化的换热站……工作以来,技术

精湛的王师傅，从没出过一次差错。在2022年的动力中心技能大赛中，他还获得了第三名的好成绩。但王加元从不自满，一直坚持将"终身学习"落到实践中："就是一直得学，得卖劲干。我现在也不敢说全都会了，还得学学燃气那套东西呢。"

作为北大后勤大家庭的一分子，在本职工作以外，哪里有需要，夫妻俩就会去哪里帮忙，学校里大大小小的后勤事务都少不了他们的身影。说到这里，王加元兴奋地展示出一些工作照：2008年奥运会乒乓球测试赛时邱德拔体育馆的供暖、夏天的防汛、开学典礼的布置、党代会的现场安排、空调安装、学五食堂外和百讲广场处的帐篷搭建……"这些都是我们做的！"他自豪地笑着。

2022年，王加元已经60岁了，在同事、孩子都劝他好好休息的年纪，他仍然"闲不住"。作为一名党员的他，有着更重的责任感、使命感，每天亲自到岗检修设备，总想着多做点事，用自己的独家经验手把手指导、帮助新人们。由于专业素养好、责任心强，2022年9月退休后，王加元又被返聘回来，继续在燕园发光发热。

来北大这么多年，王加元经常随身携带一个小本子，坚持练习写字。这不仅仅是出于工作记录的需要,更是他身为北大的一分子对自己的要求。工作之余,夫妻俩也被燕园的一草一木、一人一事熏陶着,谈起北大给自己带来的最大改变,他们纷纷感慨:"学到了知识,为人处世也更懂礼节了,变得更有文化了。""中国的最高学府啊,就是不一样。"话语间,处处洋溢着身为一个北大人、在北大工作的骄傲。

长情相伴,相亲相爱一家人

"我们一家人都在北大。"谈到这一点时,王加元和赵佃梅充满了骄傲。

30多年前,夫妻俩先后来到北大。现在,他们唯一的女儿在28楼地下室负责收电费的工作,女婿在高压电配电室工作,一家人都是名副其实的"北大人"。

家人对工作的支持,是王加元最大的动力。在这之中,给予王师傅无条件支持最多、也最长久的,无疑是赵阿姨。王师傅经常半夜出工,赵阿姨有时会陪着一起去,但也常常被丈夫果断拒绝:"不用,不用!我遛个弯就好啦。"赵阿姨拗不过他,只得在家里等着,有时等到凌晨三四点钟也没睡。"每次他解决了问题回来我都特别高兴",而这时,赵阿姨也终于可以松口气。

陪伴与守候,是夫妻俩最长情的告白。当被问起最想对彼此说的话时,他们有些羞涩地说道:"健健康康,白头偕老。"对他们而言,这简简单单的八个字,就已经足够浪漫。

在王师傅心中，北大学生就像是自己的孩子，孩子们要是受冻了、睡不好，自己也会担心不已。在昌平新校区里，新安装的暖气是铜铝复合的，虽然散热好，但如果不能把控好上水温度，暖气里就容易"窝气"，不停发出"咕噜噜"的水声。王加元知道这件事后心疼得不得了："这些同学白天来燕园校区上课，晚上九点半才能坐班车回去，要是睡觉的时候暖气响，这得给他们带来多大困扰！"想到这里，他下午2点便赶去昌平，晚上7:30才回来，就是为了把这个问题查清楚、弄明白。去维修器械时，"有些老师又是倒茶又是递水果的"，同学们对他们的工作也充满了理解和感激。由于工作原因，哪怕是阖家团圆的春节，他们也会坚守在岗，连除夕夜的饭菜都是在北大食堂吃的。

这一家人用真心温暖燕园，用真情温暖彼此；北大也温暖着他们，成了他们的第二个家。

文 | 田云墨筱、张馨元、唐儒雅

刘玉中

北大图书馆桌椅"医生",
也穿梭于绿植间

18岁时
北京大学"修建队"是他来到北京的第一份工作
48岁时以北大图书馆为工作单位
至今已有7年时光
对于刘玉中来说
生活就像手中的木块
认真完成每一次打磨
好的作品终究会诞生

在北大,他的创造是"修补"

北京大学图书馆的后院里,有一排类似仓库的平房,油漆少许剥落但平和干净。刘玉中掏出钥匙将其中一间的门锁打开,里面的操作台上摆满了各式各样的锤、斧、刨等木工工具,飞舞的尘土慢慢在午后的阳光里澄清,把过去和现在的时间连缀在一起。

这间小屋是图书馆桌椅重焕新生的"医院",而忙碌其间的刘玉中,已在北京大学图书馆工作7年。

"哪里有需要,咱们就去哪里"

七载岁月已是一个颇令人赞叹的时间长度,但刘玉中的从业经验及其与北大的缘分,实则不止于此。

初中毕业后,16岁的刘玉中跟随哥哥从河北沧州老家至天津学习木工;两年后,刘玉中到北京找工作,机缘巧合,加入北京大学修建队成为他"北漂"的开始。此后岁月里,刘玉中多次投入北大

不同楼宇的装修和建设工作之中；2015年，刘玉中则正式以北大图书馆为固定工作单位，主要负责图书馆各类设施维修维护等后勤工作。

"抽屉坏了修抽屉，椅子坏了修椅子，"刘师傅这样介绍自己的工作内容，"比较杂。"

他的工作难以用简单的句子概括，却广泛涉及图书馆的各个部门以及无数具体内容和俯仰随手之处的细节。刘师傅的工作以桌椅维修和绿植养护为主要内容，但在实际工作中，图书馆各项与木工需求有关的后勤工作，往往都离不开刘师傅的参与。

刘玉中的工作看似普通、细碎且易被忽视，但对于维持图书馆的正常运转、提升师生的图书馆的使用体验来说却无比重要；日复一日的坚守，实则包含了耐心、细致与责任，于春秋代序、岁月推移之间，支撑起最丰实和动人的生活。

修缮与创造，充盈美与匠心

53000平方米的北京大学图书馆总馆中，阅览室桌椅、书架等多以木质为材料，4000余个阅览座位的日常耗损使"修补"工作变得不可或缺，让损坏桌椅恢复如初的任务，正是由刘玉中来完成。

除了设备设施，绿植也是图书馆景观的重要构成部分，从东馆到西馆、从一层到五层,从绿萝到变色木,也同样是由于刘玉中的存在,图书馆难以计数的植株无论工作日还是假期都能够得到规律的养护,纵使是寒冬凛冽之时,图书馆也依旧绿意盎然。

修补和维护并不仅仅是"打补丁",更是一种立足于当下的探索与更新,就木工工作本身来说,虽然有机械设备作为锻造辅助,但从设计到细节打磨,在本质上都是一种创造的过程。为配合北大图书馆师生及各部门的需求,刘师傅在图书馆室外步梯建起区隔空间作用的木门、为古籍部定制出特定尺寸的木箱……这些作品,也让刘师傅的工作不止于基本的范畴或方法,而成为创造本身。

刘师傅的工作看似在同学们的视线之外,实则早已与这片园子

的一草一木融合在一起。图书馆后院的工具间外,刘师傅还搭起一个四层的置物架,上面摆放着一些不再适合陈设于图书馆内的绿植,茂盛蓊郁,枝叶交蔓,在夏日的阳光中发出馨香,将图书馆的后院装点得生机盎然,宛若兰室芬芳。

定时浇灌、按节序生长,植物的美是应时而动、没有场域高下之别。在这个简易花房中,众卉各得其所,纵然很少有人来此驻足观赏,但花朵依然盛放。

踏实为本,精微致广大

在修缮中创造,于毫末处耕耘,刘师傅的"作品"已经化入北京大学图书馆的各个角落。他不善言辞,但用辛劳与勤恳让这份工作本身变得更值得尊重,并且拥有动人的力量。2022年五一劳动节,北京大学党委宣传部联合艺术学院发起的《咱们:看见身边的光》特别策划中,刘师傅也作为北大一线服务人员54名代表中的一员,在镜头前留下了属于他的肖像照。

从16岁便接触木匠手艺,到这手艺发展成一生相伴的工作,生活经历让刘师傅重视从亲手实践和与人交流中获得的经验,对他来说,自身过硬的工作能力和技术本领是生活的敲门砖:

"老一辈人都说,踏实做人、认真做事。"

"不做一份工作的理由,可以是你自身不愿意,但不能是因为你没能力。"

求学时期,迫于家庭条件的限制,刘师傅无法继续学业而选择外出务工，将对未来的向往落实于亲手打磨和打造的木质器件之中，这份认真和踏实也让他按照自己的步调行得远山长路，获得了同行和业内的认可；而如今刘玉中在北大图书馆做起桌椅"医生"，并培养儿子顺利考取大学，成为一名真正为病人谋得平安福祉的"医生"，这也实现了刘玉中年轻时追求知识的梦想。

接受采访时，刘师傅手里还拿着一个尚在打磨的木块，他笑笑解释说，是做一个"简单的装置"，防止图书馆卫生间的窗户打开对来往经过的行人造成磕碰和误伤。

这些适用于具体场景、让生活日臻美好的小"补丁"，正是刘师傅工作的意义：承担起"修补"工作，抚平生活的褶皱，把温暖与关切融入具体而微的细节；无数的人们笃定温暖的日常和秩序感，正与刘师傅有关，与无数像刘师傅这样默默付出的劳动者有关。

虽然每天无数次穿梭于图书馆的连廊厅堂中，刘师傅与北大同学们总是擦身而过，不过他始终记得，每天图书馆清场时同学们依旧在勤奋学习的身影；而对于大多数同学来说，刘师傅或许也只是图书馆工作人员群体的一分子；彼此的轨迹在图书馆中重叠、交错，去往各自的方向，却也有着共同之处：

投入各自的生活，为了心中的"作品"，不断打磨和修补，实现更丰富和圆满的完成。

文｜隋雪纯

陈维静

她将小事做到极致,
女儿说"我要努力考到北大!"

摆好每一套桌椅

擦亮每一盏灯

倒好每一次水

正是肩上承担的这份责任

让陈维静一直以最高标准来要求自己

热爱并坚守在这个普通而不平凡的岗位上

"盛装相见"21年，
她是北大"高光时刻"的见证者

在英杰交流中心见到陈维静时，她正在忙着布置生命科学学院2022年毕业典礼。彩排现场，《燕园情》一响起，陈维静眼角就湿润了，"我这人眼窝浅，听见这个歌里唱'眼底未名水，胸中黄河月'，我就很感动"。

除了院系毕业典礼等校内重要活动，国内外学术会议与外事活动也在这里举办，英杰交流中心已成为北大通往世界的舞台。在会场服务这个岗位上，陈维静参与接待了很多国家的元首政要，见证了学校发展历程中的许多高光时刻。

在北大21年，这里已成为她的第二个家。女儿和她约定：我要努力考到北大！

今天，一起走进北京大学会议中心陈维静的故事。

"我刚来的时候还有点驼背，但是现在我只要一穿上这个工装，我就自然而然地直起了腰板，我觉得很自豪。"

总统演讲在哪里举行？北京论坛会场怎么走？学生就业招聘会

去哪里找？如果你置身北京大学，这些问题很可能指向同一个答案——英杰交流中心。这里就是陈维静工作的地方。

2001年，陈维静第一次走出自己长大的县城，第一次坐火车来到北大。

"那个时候自己19岁，一晃21年过去了，英杰带给我和教会我的事情，是任何人都无法替代的，这里已经是我第二个家了。"

说起自己在英杰交流中心的工作，陈维静心中满是自豪和骄傲。

因为工作的要求，陈维静和其他工作人员都住在英杰交流中心，以便随时服务临时的会议需求。每天早上7:25，她会提前5分钟到岗，开始进行早上的例会，检查每一位服务人员的仪容仪表、妆发和仪态，布置一天的工作安排。

在工作中，陈维静会随时注意会议的准备和进展中哪里需要服务，布置会场、培训其他服务人员、调试设备、打扫卫生，她一刻都不懈怠。

很多时候，场次很多，同一个会场一天内会举办不同形式的会议，这就需要陈维静和同事们及时更换会场的桌椅摆放、桌布布置以及核对会议流程。

陈维静的工作诀窍就是：善于观察和记录。她会观察每个客人的习惯，以便下次提供更周到的服务。

"要服务于客人开口之前。比如某位老师喜欢喝白开水，在准备

陈维静（左一）在开晨会

陈维静（左一）在会场布置茶歇

茶水之余，我们每次都会准备好一杯白开水。"

为了嘉宾能有更好的会议体验，陈维静和团队反复试验不同会议要求下，桌子之间摆放的最合适距离，反复调试桌椅之间的距离，让客人最舒适地落座。

陈维静平时会对每次的服务做笔记，记录下自己工作的得与失，"工作记录本"密密麻麻都是她在英杰交流中心工作的见证，"好记性比不上烂笔头"，她把简单的事做到了精益求精的极致。

"我希望自己一直在北大，永远也不离开。"

陈维静在北大已经工作了21年，她见证了在英杰交流中心举办的大大小小的活动，也参与接待了来自世界各地的客人们。

英杰交流中心二层的楼梯口有一个展示柜，里面保存的都是来自各国的礼物，陈维静耐心地给我们介绍了每一件展品的来历。"这个是来自泰国的，下面那个是各个学校的校徽，还有那个是日本客人送给会议中心的……"这些礼物记录着一段段来访者与北大的故事，代表了他们对北大的美好祝愿。

2020年,陈维静为"中日和合文明论坛"提供会议服务

2017年,陈维静为时任挪威王国首相埃尔娜·索尔贝格北京大学演讲会提供会议服务

回忆起21年前自己刚来到北大时见到的场景,陈维静满是感慨:"这些年学校发展越来越好,和二十几年前我刚来时看到的样貌很不一样!"

陈维静见证了这座校园发展历程中的重要节点,北大110周年、120年周年校庆期间,她都是相关会议的服务者。

在日复一日的工作和经验的积累中,她已经能够熟练地布置一场完整的会议,熟悉了对不同嘉宾的服务方式,也成了团队的领头人之一。

"会议服务,体现了会议中心的工作质量,反映了北大的工作水平。"

21年来,变的是英杰交流中心的硬件设备和北大的校园建筑,不变的却是陈维静热诚的心和严谨踏实的工作态度。

"这就是我的家,一次圆满举办的会议,就是我给家人做的一道美味的饭菜,我觉得很幸福。"

在会议召开过程中,调音台的正常运行是非常重要的一个环节,而陈维静则是这方面的"专家"。会议筹备阶段的调试、会议现场的使用,离不开陈维静和团队在背后的共同努力。

陈维静在调试调音台　　　　　　　　2017年毕业典礼主席台布置

"除了专业技术人员上门指导，我们团队还努力钻研学习，在工作之余不断摸索和调试。我们坚信实践出真知。"

她对英杰交流中心的设备几乎都了如指掌，对每一个物品都是如数家珍，"会场里的会议设备大部分都是我和同事们亲自选型和调试的，就像在布置自己的家一样"。

"做一件事，要用心，要眼观六路耳听八方，要能够随时看到自己需要做的事情。"

会议开始前，陈维静会提前与主办方对接流程，逐一确认各个事项是否准备妥帖，但有时还会出现考验临场处理能力的"小插曲"。一次会议前，对方临时要改变桌型，陈维静和她的团队抓紧和对方进行沟通，迅速改变桌卡的摆放方式，保证了会议的顺利进行。

陈维静时常和学生志愿者一起工作，同学们习惯叫她陈姐。回想起和同学们相处的时刻，陈维静也是满心欢喜：

"挺开心的，这些同学毕业的时候，有人会跑过来和我合影，我也期盼着他们能够常回来看看，回忆在英杰的青春岁月，再和大家相聚！"

陈维静和女儿

陈维静（左三）和同事们

我和女儿有个约定，她会努力考到北大来。

采访过程中，陈维静打开了手机相册展示她与女儿的合照，眼眶中时不时涌出泪水。谈到女儿，陈维静心中满是歉意。

女儿在老家上学，她和丈夫一起在北京打拼。由于疫情的原因，和女儿见面的机会更是少之又少，春节期间她也坚守岗位。

"我在晚上会去学校操场跑步，我就通过这种方式激励我闺女运动。"跑步的时候陈维静还会和女儿视频，"我告诉她，要和这些学习好、爱运动的哥哥姐姐们学习。我女儿和我约定要考到北大。"在陈维静家人的眼中，北大成了属于他们的共同信念。

摆好每一套桌椅，擦亮每一盏灯，倒好每一次水，正是肩上承担的这份责任，让陈维静一直以最高标准来要求自己，热爱并坚守在这个普通而不平凡的岗位上。

文｜李煜憬、孙小婕

卢亚娟

"同学,给,这是你的票!"

"交响乐的演出,
我会优先出观众席左侧的票,
因为一般在左侧能更好地观看到乐器。
再比如观赏芭蕾舞或者话剧,
有的观众愿意坐右侧,
因为可以看到演员上场。"
卢亚娟在讲堂楼梯下的售票窗口前坐了下来
一坐就是17年
让一张张票充满了温情

方寸天地里的辛勤与温情

在北京大学百周年纪念讲堂一隅,有个并不起眼的小窗口,向里望去,一个忙碌的身影忽隐忽现。在一个难得清闲的时间,我们与卢亚娟坐下畅谈,让这个小小窗口中发生的故事,走到大众面前。

小小窗口里的17年光阴

卢亚娟没有丝毫犹豫,在讲堂楼梯下的售票窗口前坐了下来,一坐就是17年。

2005年,是卢亚娟到北大工作的第五个年头。这一年,她来到讲堂售票窗口工作。

这是一份与她有缘的工作。刚来北大时,卢亚娟在教职工宿舍楼和校医院口腔科都有过工作经历。之后她应聘讲堂保洁小组长。后来听说讲堂售票窗口这边缺人手,"问到我,我就说我可以,我挺喜欢这个工作"。

卢亚娟喜欢安静的工作环境，有自己坐一整天的耐心，售票窗口的工作很适合她。她曾学习过电脑操作和排版技能，还自学了财务会计基础知识，在财务方面也积累了不少经验。

17年来，卢亚娟经手的演出票多得数不清。虽然工作地点就在讲堂里，但因为忙碌，她很少有时间能够进场去看节目。有一次，卢亚娟刚好休息，她特别幸运地看到了自己想看的电影。那天讲堂放映的是《我和我的祖国》，卢亚娟给自己买了一张票，座位选在二楼第二排。她终于坐下来，从头到尾看完了一整部电影。

作为师生服务办公室的一员，作为讲堂售票窗口的"代言人"之一，卢亚娟在自己的一方天地打开了人与人沟通的窗口、建立起了面对面交流的平台，让观众们在艺术氛围的氤氲中，感受到北大的人文关怀。

这种人文关怀是令人难忘的。卢亚娟回忆起一位北大校友的故事："有一次他回母校买电影票，跟我说'你还在这里呢！我认识你，你还是老样子'。十几年前他上学的时候就在我这买过票，毕业后回老家了，又回来参加活动。被人记住让我倍感荣幸。"

方寸天地里的辛勤与温情

卢亚娟会按照观看效果给观众挑选好位置，尽量满足每个人的观影需求，这让一张张票充满了温情。

每逢讲堂有演出开票，浩浩荡荡的购票队伍常常成为校园里的一道景观。出于便利师生的考虑，讲堂售票员的工作时间通常为9:30—13:00和15:00—19:30两个时间段，午饭和晚饭时段往往没有给卢亚娟预留专门的吃饭时间。

平时，赶在师生12:00下课前，卢亚娟会抓住人少的空隙去最近的食堂打饭回来放着，没人买票时就赶紧吃一口，甚至习惯了在10分钟内把午饭吃完。

令卢亚娟印象最深的是，2008年6月话剧《暗恋桃花源》的售票经历。早上9点多，她刚走到售票处上班，远远就看到窗口前已经排了很长的队伍。"一问才知道，排在最前面的同学是早上五点就来了。"

那天三个场次同时开放，两边窗口一齐开售也忙不过来，忙活

一上午,"连一口水也没喝",又接着工作到晚上七点半。等票几乎卖完了,排队的人这才散去。

尽管售票总是繁忙,贴心的服务却从不缺席。在多年工作积累之下,卢亚娟谈起选座小技巧如数家珍:"比如交响乐的演出,我会优先出观众席左侧的票,因为一般在左侧能更好地观看到乐器。再比如观赏芭蕾舞或者话剧,有的观众愿意坐右侧,因为可以看到演员上场。""从哪看,能看啥"的判断来自售票经验,而"从哪看,想看啥"的细节询问,则是将售票经验转化为观影者的优质体验。在选票的时候,她总会耐心询问对方想要哪里的位置,喜欢前面还是后面,左边还是右边,并主动推荐视野好的位置。遇上交响乐、芭蕾这类尤其注重效果的演出,卢亚娟还会按照观看效果给观众挑选好位置,尽量满足每个人的观影需求。

尽管工作有时很累,但听到师生们的一声声感谢,卢亚娟就会觉得所做的一切特别值得。她说:"能帮助同学们做点小事情,我心里挺高兴。"

线上线下的人文关怀

从话剧、电影到芭蕾、京剧、交响乐,卢亚娟经手的演出票堆叠起来,是讲堂艺术演出十多年变迁和发展的一个缩影。

这些年,卢亚娟见证了讲堂售票工作的发展变迁。她回忆到,十几年前,讲堂使用的是传统手撕票,电脑的功能主要用于展示座位布局,自己要根据观众的需求从上千张票纸中找出想要的那张票。

随着演出活动越来越多，2005年启用了电脑选座。之后，电子票逐渐取代了纸质票。2016年，线上购票渠道开通了。

线上购票渠道开通之前，卢亚娟上班前要清点一遍所有的纸质票，下班后在安保人员的护送下把一天的收入装袋入库，第二天再盘点库房。现在，这些紧张的工作环节都已经发生改变。

一部分工作时间分配给更需要"人与人沟通"的工作。"我把目光投向'更加需要购票窗口'的群体，比如退休教职工、老校友，以及特地前来咨询的老师和同学们。"工作中，卢亚娟会耐心地教老年人使用线上购票渠道、帮助他们扫码付款。在线上购票实施一段时间后，卢亚娟和同事在工作中发现有师生难以适应这种新方式。因此，售票处还会预留一部分纸质票，为有需要的人提供便捷。

线上购票渠道让观众们可以随时随地查看演出资讯和抢票，也让卢亚娟的工作从之前和"票"一起工作，逐渐变成了和"人"一起工作。卢亚娟希望自己可以在这里为大家提供更好的、更全面的服务。她也希望以后可以开设咨询热线，进一步消除时间和地点的限制，延续这份细致入微。

此前，卢亚娟和同事还促进了售票窗口的扩修，"以前的售票窗口比较小，只有打票机这么大，不太方便。而现在观众买票的时候可以直接从窗口外看到我这台电脑上的座位图"。说话间，卢亚娟把窗口那块木质挡板移开，斜阳泻入窗口，变成了轻轻摇曳的光晕。

"还是得把窗口打开，"卢亚娟笑着说。

文｜张琳崎、余佳依、张子璇

牛如斌

与土地为伴,随苗木长成

走进北京大学中关新园园区
一年四季都有新景致——苍翠挺拔的迎客松
争奇斗艳的牡丹
平整开阔的草坪
别具风味的银杏大道……
在视觉美感中
营造出人与自然和谐温馨的氛围
植被的精心养护离不开园丁们的耕耘
中关新园绿化班组的牛如斌师傅
从寒冬到酷暑
守护着每株花草的茁壮成长
一起走进北大园丁牛如斌和他的"植物王国"

当爱好成为工作，他在北大打造"生态乐园"

见到牛如斌时，他穿着普通的深蓝色工作服，推着老式自行车，热情地带着我们参观园区的绿植，为我们介绍每一处用心的设计："我们刚才见面的地方有我亲手种下的迎客松；这是牡丹园；这边是我们的大棚……"牛如斌的神情里，充满了自豪和快乐。

像照顾孩子般呵护植物

每粒种子都是新生命的开始，每棵植物都有生命成长的痕迹。无论是一株芽还是一棵树，在牛如斌的眼里，都是需要投注爱与细心的"孩子"。

每天早上8点钟，当露珠还残留在叶子尖儿上的时候，牛如斌就开始了一天的工作。他和绿化班组的同事们需要将整个中关新园区域的所有花花草草都"巡视"一遍。

"打药、施肥、浇水、除杂草，这些都是常规要做的活儿。这就

牛如斌在进行养护工作

春天,牛如斌给开花的树木喷水,降低空气中的花粉浓度

像养小孩,别让他渴了、饿了,别让他生病。"

8000平方米草坪、620余棵树木、300余株盆栽、300平方米花房大棚里60多种绿植,每一种植物都有自己适合的生长条件。牛如斌需要根据季节时令的变化,对植物的生长环境进行调节。

每年3月至11月,牛如斌的工作非常繁忙。春天气温逐渐回暖,他会整理翻新土壤并进行追肥和灌溉,为植物发芽准备好湿润肥沃的土壤。待绿芽萌出逐渐茂盛起来,他会将灌木修剪成各种形状。

夏天雨季对植物花卉来说是一大"考验"。牛如斌总是格外小心照料——及时给户外盆栽植物排水、防止烂根;对一些比较高大的树木进行适量的修剪,减小树冠以防止暴雨刮断枝丫;针对雨季虫害的发生,采取综合的防治措施。

牛如斌解释道:"经过春夏的旺盛生长,植物耗费了很大气力,在秋天需要及时补给养分,以便养好根系、储存能量过冬。"

在寒冷的冬天到来之前,为了给花草植物的冬眠做好准备,牛如斌需要及时修剪掉残花和枝条,以便给主干枝条储存养分。灌木丛也

牛如斌在养护大棚里照料盆栽

需要修剪侧枝、杂乱枝条,以便保持饱满和具有美感的植物形态。

"冬日的劳作通常都是从清理开始的。松土、栽种、施肥,每天都有干不完的活儿。"

在生长季,牛如斌最后一次给植物施"过冬肥",让植物"吃饱",储存足够充足的营养以抵御长达3个月的寒冬,并保证第二年早春提早返青、开花。而对一些生长较弱的植物,牛如斌还会追施一些磷钾肥,增加它们的抗病力。

楼内的盆栽绿植,冬季光照不足,不利于生长,牛如斌就需要随时观察生长状态,及时调换,放到大棚养护。

用心灌溉、用爱呵护,植物们在牛如斌的栽培下,向阳生长。

打造一座生态家园

一草一木,托起生态之家;花香鸟语,构建自然乐园。巧手一

养护大棚里被精心呵护的植物

双修葺园区绿植，心思无数设计节日贺礼。他把园区当作家，打造出一座生态家园。

2021年春季，牛如斌与同事一起移栽了两棵"远道而来"的迎客松。由于迎客松移栽后不容易成活，他选了适合其生长的营养液进行输液。针对迎客松的特点，牛如斌调整了水的酸碱度和土壤的湿度，夏天喷淋、冬天挡风，两棵松树终于长出了新根。

与土地为伴，随苗木长成。除了"园丁"的身份，牛如斌还是"设计师"。在室内区域，牛如斌会放置不同类型的微型景观和绿植，增添一抹生机。

中关新园入口处的迎客松

中关新园的部分绿植景观

"这里是我们舒适宜人的园区,我更想把它打造成多功能的生态乐园。"

在牛如斌看来,中关新园是以休闲和人文情怀为主的居住场所,因此这里以小景观为主,更关注大家的居住舒适程度,让师生在学习生活之余,能沉浸式地感受到别有洞天的景观。

孩子们在中关新园的景观中畅玩

看到在园区居住的师生在园子里漫步赏花、在各个景观处驻足观赏,小朋友们在花丛间穿梭嬉戏,牛如斌总会感到很欣慰。他在布置景观时的各种巧思,为大家创造出一个温馨、清净、充满自然野趣的家园。

当爱好成为工作

牛如斌最大的爱好就是养花。2014年,他来到北大中关新园应聘,从此就把爱好变成了自己的职业。

牛如斌的家里养了200多盆盆栽。来到北大之前,他在从事酒店写字楼装饰工程工作时,养花是他最大的乐趣。为了能在家里养花,他甚至还在搬家时特意找了个带小院子的地方。

来到北大,他将自己的爱好倾注到工作中。园林工作种类繁多,他要带领班组成员完成植物的修剪、施肥、移栽、维护,还要熟练掌握各类绿化器械。

体力活之外,脑力活也很重要。每逢节假日或重要时间节点,牛如斌开动脑筋,自行设计的花坛和景观,取得了很好的展示效果。

2021年,牛如斌与工程师傅配合,做了一个6米多长的花架,摆出美丽的图案来庆祝建党百年,路过的师生纷纷驻足拍照。

从提出想法、采购、搭建到图案的设计和盆栽的摆放,牛如斌都全程参与,设计不同图案时还要在图纸上根据尺寸进行计算和绘

牛如斌设计的花架

可重复使用的花架

牛如斌和绿化班组的3名成员

画,"这来源于我早年从事装饰工程工作时的经验"。

牛如斌满意地说道:

"花架完成后,可以根据不同的图案设计摆放不同的盆栽组合,不仅可以重复使用,还可以迎合不同场景的需求。"

移栽、养护等工作中需要的知识,基本都是牛如斌通过实践、与同行交流和看书一点一点摸索得来的。他会细致地将各类植物的习性喜好都记清楚,"因材施教",对不同植物的生长环境进行调整。

他工作起来是个"急性子",当天的事情绝不放到第二天。正是这份认真劲,他获得了"先进个人"的称号。

2023年4月,牛师傅因为退休而离开中关新园了,他希望班组同事继续努力,把园区绿化工作做得更加完美,打造优雅的工作和学习环境。

"每天的工作以体力活为主,但能从事自己喜欢的工作、看到自己养护的植被装点师生的家园,我心里非常快乐。"

文丨孙小婕、李筱畅

杨高武

10年坚守,他是北大师生最爱的
"包子大叔"

10年间
除了寒暑假的轮休
从早上4点起床烧水、熬粥、捏包子
到晚上6点半下班
10点睡觉
"包子大叔"杨师傅的作息几乎日日如此

他守着主食窗口，守住了生活里的某种确定性

他见过凌晨四点的北大

晚上7:30，杨师傅坐在学一食堂外搭起的用餐棚里，开始接受采访。现在开始到晚上10:00，是他一天中能够得空的时间。每天早上4点起床，4:20开始工作，先烧水熬粥，再捏各种馅儿的包子，6:00左右开始为早餐时段的面点配制小料，酱油、豆芽、香葱、蒜……各种调料往碗里一放，6:30一到，早餐正式开始。陆陆续续，早起的同学在面点窗口前排起长队。鸡蛋面、麻辣小面、芽菜肉末鸡汤面、烤肠、煎蛋，这是学一食堂独一份的美味。

上午9:20早餐结束，杨师傅需要先将早餐使用过的炉具、锅碗瓢盆刷洗干净，然后马不停蹄地准备午餐。蒸玉米、蒸红薯、蒸包子……午餐时间段为11:00—13:00，结束后，他同样需要清洗各种厨具餐具，然后稍稍休息一会儿，继续开始准备晚餐。16:40，晚饭开餐。招呼来来往往的就餐者，馒头、粥、饭装盘或者打包，介绍窗口新出的主食种类，与相熟的师生寒暄几句……直到18:30晚餐结

束，杨师傅一天的忙忙碌碌才算按下一个暂停键。通常，他会先去冲个澡，换下后厨工作服，去五四体育场绕着跑道走上几圈，碰到熟悉的老师同学聊聊天儿，和远在山东德州老家的父亲通个视频电话，唠唠家常，关心他的身体状况。晚上10:00，杨师傅准时睡觉，为次日一整天的忙碌养精蓄锐。

2009年，杨师傅在儿子杨业震的介绍下来到北大工作。小杨师傅2007年考上大学，担心学费负担重，没跟家里商量，悄悄和表哥一起跑到北京，在北大学一食堂找到了后厨的工作。后来，杨师傅也跟着儿子一块来到了北大。在这之前，他在青岛的一家烤肉店给人打工，负责串肉串。再之前，他在油坊榨过油，在养猪场帮人喂过猪，给水利局修过桥、修过路，也当过建筑工人。用杨师傅自己的话说："咱啥活儿都干过，所以我从来不觉得在北大餐饮中心的工作累。"

刚到北大，食堂不缺人，杨师傅就在学校水厂工作，给校内师生运送桶装水。刮风、下雨、下雪，不管什么天气，只要同学老师打电话，师傅们就得踩着人力三轮把水运到楼下再搬上楼。这样一天下来，常常腿是麻的，腰也酸背也痛。即便如此，杨师傅还是觉得"工作都一样，没有什么喊苦喊累的"。2012年8月，学校餐饮中心的岗位有了空缺，杨师傅正式进入学一食堂工作，这一干，就是10年。

10年间，除了寒暑假的轮休，从早上4点起床烧水、熬粥、捏包子，到晚上6点半下班，10点睡觉，杨师傅的作息几乎日日如此。"已经习惯了这样忙碌的生活，寒暑假回家待上几天，一旦闲下来就觉得太无聊了，很怀念在学校工作的充实日子。"平凡的岗位，重复的工作，十年如一日的辛勤投入，他把自己的真情都奉献给了这片园子里的师生。

独一无二的"包子大叔"

学一食堂是燕园校区离宿舍最近的食堂，这里菜品丰富，价格却很实惠。因而，一年四季，一日三餐，住在校内的师生光顾这里的频率很高。杨师傅负责的窗口售卖主食，从包子、馒头、花卷，到烧饼、肉夹馍、八宝饭、各类粥品、蛋挞吐司、玉米红薯……各式"碳水炸弹"应有尽有。"说实话，我们学一的主食品种很多，但同学们却给我起了个'包子大叔'的外号。我觉得很亲切，我特喜

欢这个称呼。"

开朗、亲切是杨师傅留给所有人的印象。"有一个老师跟我说,北大的食堂他都吃遍了,没见过几个人像我这么开心。"假如你恰逢饭点站在杨师傅工作的窗口旁边观察会儿,就会发现,这话一点儿也不假。

——"哟,杨师傅,有日子没见了。"

——"老师,您好呀!今天要几个馒头?"

——"太瘦啦小伙儿,玉米红薯不长胖,多吃点!"

……

主食窗口前长长的队伍,杨师傅总是抽空和排队买饭的大家说上两句话,或是嘘寒问暖或是开开玩笑。每个人离开的时候,都和杨师傅一样乐呵了起来。

餐饮中心每年的"十佳服务员",是同学们一票一票实名投出来的,杨师傅不仅多年上榜,而且连续三年排名第一。有人问他:"为什么都在食堂工作,同学就对你这么好?"杨师傅回答说:"一个人一个性格脾气,我就希望同学们来到我这里买吃的,看到一张笑脸。

偶尔跟他们开开玩笑，他们开心，我也开心。"

踏踏实实把事干好，一张笑脸广结善缘。这是杨师傅的工作生活哲学。

对于从小被外婆奶奶追着喂饭的一颗颗"中国胃"来说，每餐不来点主食是不可能"吃饱吃好"的。大约是因为这个原因，尽管食堂南北风味、各地美食琳琅满目，任君挑选搭配，杨师傅的主食窗口依然是大家每顿饭必须光顾的地方。本身的好记性加上这样的频繁接触，让杨师傅记住了许多常来的师生。

"有一个同学，好几次来买饭都垮着一张小脸，看起来不太开心。还有点固执，不让我把包子放在盘子里，而是要放在托盘上，"杨师傅回忆起一件小事，"后来我每次见到他都跟他开玩笑，逗逗他。时间长了，这个同学经常晚上没课就会来等我下班，然后在学一外面的台阶上坐着跟我聊聊天。"从初秋到深冬，几个月的时间里，他们成为彼此信任的人，互相倾诉，这个同学也渐渐解开心结，脸上重新有了笑容。

"说实话，我就把你们当我自己的孩子。我的儿子在中关园食堂工作，你们比他还小呢。一个人在外面读书，吃饱吃好身体健康，父母才能放心啊。"接受采访时，杨师傅反复说着这句话，朴实又真诚。他也的确像父亲一样，关心着眼前的每一个年轻人。记者的手机贴了防窥膜，从侧面看屏幕非常暗。采访时杨师傅坐在旁边看见了，说道："你手机弄那么暗，坏眼睛啊。"他还好几次问记者："你饿不饿？我给你弄点吃的去。"

杨师傅常穿的一件印着Peking University的黑色文化衫，是法学院的一位同学毕业之前送给他的礼物，他很喜欢。像这样的"双向

奔赴",这些年来数不胜数。有一年夏天,有个同学见杨师傅站在沸腾的热锅旁边煮面,热得满脸通红,就悄悄给杨师傅送了一个挂在脖子上的便携小电扇。

"我这12年啊,把学一当家,把北大的大家当亲人。我希望你们来到学一,就像回家。你们喜欢我做的面,我是真骄傲!"

"我会在食堂干到干不动为止"

当被问到十年如一日做同一份工作,会感到厌倦吗?杨师傅毫不犹豫地回答道："不烦。工作就是干一行爱一行。而且我们学一食堂隔不了几个月就会上新品，老师同学喜欢尝鲜，我们就努力创新，不让大家吃腻喽。"说起学一的菜品，杨师傅开始滔滔不绝，言谈间，对这份工作的热爱、在工作中找到的乐趣、工作被认可的骄傲与幸福溢于言表。"我老父亲经常跟我说，你好好干，别担心我，我在家里身体硬朗着呢。"

2022年6月初，学校举办了一次北京大学毕业典礼专项工作会。杨师傅和其他10位一线师生员工代表受邀参会，讲述了他们坚守岗位、默默奉献，尤其是在疫情防控工作中为同学提供暖心服务的感人故事。杨师傅在会上说道："在家千日好，出门一时难。我总希望能够像家人般照顾好咱们那些一个人在外的老师同学。请各位领导放心，我会在学一食堂好好干，干到我干不动为止！"朴实的言语极富感染力。

杨师傅经常说："聚在一起是缘分，都是善良孩子。我能力有限，能做的就是把饭做好。有些同学毕业好久了，回学校还想着来学一看看我，这种情义比给我十万八万更珍贵。"

像杨师傅这样默默在一线服务师生的平凡人，校园里还有很多。他们中的许多人，是夫妻、父子、兄弟姐妹，一起扎根在这里，把学校当家，把师生当家人。他们日日在这里辛勤劳作，目送一批批年轻学子成长、告别。你可能不太注意他们，但他们象征着一种确定性，就像主食之于三餐。一年四季，有他们在，你才感到自己不是无根的浮萍，而是拥有了勇气在生活里、在大地上站稳脚跟。

文｜郭雅颂

赵春月

用真材实料,才能做好美食

赵春月从康博思到学五食堂
再到如今的家园食堂
从一个普通的厨艺学徒到家园三层的厨师长
赵春月用他极强的责任心和超高的业务能力
守护着北大师生们的胃和心
在这个岗位上一干就是11年
今天,一起走进北大食堂"大师傅"赵春月

"明星菜品"缔造者，
他守护北大师生的心和胃

每个北大人心中，都有一道燕园佳肴。在对外汉语教育学院2021届博士毕业生崔言的心中，北大家园食堂三层的干煸仔鸡饭是她的"真爱"。2020年她在国外访学期间，特别想念这道菜肴，于是辗转要到食堂大厨赵春月师傅的联系方式，"在线"请教制作干煸仔鸡饭的方法。

"赵师傅听说我想吃干煸仔鸡饭，立马答应教我制作方法，发来了详细的视频与文字教程。"崔言回忆道，"我第一次做的成品不太成功，赵师傅耐心帮我分析原因：淀粉少了；要把鸡块炸酥脆再炒；炸鸡块的时候油温高一点，多炸一会儿，等等。"之后，崔言参加毕业典礼时，专程来向赵春月道谢，感谢这份浓香的菜肴给她在异国他乡带来了家的味道。

"明星菜品"背后的故事

用真材实料，才能做好美食，是赵春月笃定的信条

备受热捧的鸡腿饭是如何保持十年如一日的品质的？曾荣获北大"十佳菜肴"的干煸仔鸡饭、川香血旺饭是怎么研制的？一份色泽金黄、口味酸甜的锅包肉是怎么诞生的？食在燕园，家园食堂三层的这些明星菜品深得北大师生喜爱。这些佳肴的烹饪和研发，离不开同一个人——家园三层厨师长赵春月。

锅包肉是不少师生的"心头好"。提起锅包肉的制作过程，赵春月侃侃而谈。去筋、切片、拍散、腌制、挂糊、脆糊、复炸，看起来简单的锅包肉，其实制作起来暗藏玄机，每一个细节都马虎不得——

"切片后每一片都得用刀去将它拍散、断筋，这样口感才能更好。

炸也是个功夫活儿的，一片一片炸完后捞出来，等油温升上来再复炸，就这样反复几次，才能达到外酥里嫩的效果。"

为了保证菜品的质量并且忙而有序，赵春月更是将锅包肉用料的配比严格制定成标准，加多少淀粉、水、油，乃至于锅包肉的汁儿里加多少蜂蜜、橙汁，每一样用料都要精确到克，师傅们制作时也要严格按照标准来，"精益求精才能做好产品"。

说到这里，赵春月笑了笑，话头一转："你肯定想不到吧，我这锅包肉里还有蜂蜜和橙汁，可不是简单用白糖和醋就对付过去了的。"为了尽可能调出更好的风味，赵春月在蜂蜜的品质上也严格把关，才造就了锅包肉酸甜口味中的一丝清甜。

厨师长的真情实意

丰富的菜式，体现着赵春月的用心，更满怀着对北大师生真情实意的关怀

作为干煸仔鸡、川香血旺和肉臊蛋炒饭等菜品的主要研发人员，赵春月提起菜品研发来也颇有心得。

"创新是要用心地去发掘生活中的灵感。我们做厨师的，脑子随时需要转着，看到一个原材料就要去思考能不能改变一种烹饪方法、改变一些配料和调味。"

闲暇时间里，赵春月会看看菜谱借鉴一些菜品，还会去四处品尝美食，去了解年轻人喜欢的口味。

在研发干煸仔鸡饭时，光是辣椒的选取，赵春月就对比了五六个品种、试验制作了一二十次才最终敲定；备受师生欢迎的肠粉，赵春月也坚持采用大米泡制研磨而坚决摒弃外面流行的肠粉粉，最终制成了肠粉爽滑劲道的口感；长盛不衰十几年的鸡腿饭，每一个

鸡腿从后厨到同学们的餐桌要经历十几道工序，虽然烦琐但是为保证风味，赵春月和同事们始终坚持如一。

"让老师同学们吃得好、吃得香。我们做的一切都是为了这个目标。"

赵春月的付出得到了回应。锅包肉一经上市就备受好评，时常还未到用餐高峰期就已排起长队等待锅包肉出锅。干煸仔鸡饭和川香血旺饭更是凭口口相传就吸引诸多同学排队购买，这两道菜最终被评为2016年度北京大学"十佳菜肴"。

哪几位同学经常来吃饭，哪一对恋人经常一块来，哪种菜品最受到同学们的喜爱，甚至连那个经常喝无糖可乐的同学，赵春月都能娓娓道来。

由于工作的流动性和统筹性，赵春月除了在后厨做饭之外，也需要到前台刷卡和售卖。长期以来，即使没有过多的言语交流，但是眼神上、外表上，同学们都能让赵春月感到熟悉和亲切。

北大是心灵的港湾

赵春月眼中食堂一点一滴的变化，凝聚着北大这十余年来，迅速发展的蓬勃面貌

从康博思到学五食堂再到家园食堂，在工作地点的几经变换中，这已是赵春月在北大的第11年，他见证了学校食堂的变迁和发展：座椅从以前的硬质座椅变成了现在舒适的沙发小间，甚至考虑

到了同学们的充电需求；中餐菜品从以前的十余个品种增长到现在的四十余个……食堂一点一滴的变化，都凝聚着北大这十余年来迅速发展的蓬勃面貌。

焕然一新的不仅仅是"看得见"的食堂，更有"不为人知"的后厨和员工宿舍。齐全的设施配备、专门的图书馆和宿管、丰富的活动，提及不断更新的宿舍，赵春月也感到温馨和满足。

"不仅仅是我，我们的员工在北大干了这么多年，也都感到满足，看到他们开心我也开心。"

"上次带我大女儿到北大来，她还小，还是被我抱着的，如今她都长大了，我却不能经常陪伴她。"赵春月和妻子都在北京打拼，两个女儿则在老家。隔着小小的屏幕，赵春月会和孩子们聊自己在北大的工作，聊北大的哥哥姐姐们，还会和她们说北大有美丽的未名湖和博雅塔、有馆藏丰富的图书馆还有很多美食，以此激励女儿们努力学习，争取考到北大。"我每次回家还会带上咱们北大的纪念品，钢笔呀，本子呀，还有校徽，女儿喜欢得不得了！"对于赵春月来说，北大已是全家人的心灵港湾。关于未来，他希望能继续创新作品，提供更加美味的菜肴，为北大师生的胃"保驾护航"。

文｜李佳敏、李煜憬

韩明明

中专毕业来到北大,
成为学生喜爱的"韩姐姐"

在校工作18年
她是大家口中亲切的"韩姐姐"
一枚小小的浴卡
维系着北大学生的生活幸福感
也是她与同学们之间最紧密的联结
作为北大后勤服务团队中
默默无闻又不可或缺的一分子
动力中心大浴室班班长韩明明
对北大的爱
仍在源源不断地流出

从一枚浴卡出发,她成为北大"副班长"

一枚浴卡的重量

"一枚浴卡,对同学们来说,是消除一整天疲惫的保证,对大浴室班班长韩明明来说,却是一份沉甸甸的责任和关爱。"

虽然同学们的宿舍现在都已配有浴室,曾经的学校大浴室已经成为回忆,但浴卡仍然是保证大家每天顺利洗澡的必备小物。从早上7点到晚上11点,被同学们称为"韩姐姐"的韩明明在31楼的小办公室里为同学们办卡、充值,一待就是18年。在程序化的工作之余,韩明明对于时常出现的问题——如浴卡丢失等,都非常留意和关心。遇到前来补卡的情况,韩明明总会问清楚浴卡丢失的原因,并建议大家用一条长绳,一头拴住浴卡,一头拴住放洗浴用品的澡筐,这样一来,洗澡时就不会忘记拿卡,或在路途中丢卡了。这个方法得到了许多同学的采纳和好评。

除了窗口服务之外,韩明明对于师生在洗澡时出现的问题也非常上心:多年前,有一位女生在大浴室的更衣室晕倒。彼时校医院

韩明明与前来办理业务的同学

韩明明在工作中

还在大浴室对面100米左右的位置，韩明明立即与另外一位同事一道，把女生从更衣室一路抱到了校医院。韩明明为女生买好面包和酸奶，并在医院一直陪伴输液，等女生完全恢复、可以离开医院时，再把她送回宿舍。

曾有一位同学的项链掉进了宿舍浴室的地漏，向楼长求助。韩明明接到楼长电话后，立刻拿起一根铁丝去到现场，打开地漏，最后在下水道的拐角深处，用铁丝一点点钩出了和头发缠在一起的项链。浴卡、首饰等小物件掉进地漏的情况时有发生，韩明明都会第一时间帮大家拣出来。

此外，为了避免师生在洗澡时滑倒，韩明明还在大浴室里多准备了一些凳子，以供大家更衣时使用。

在2008年奥运会、2022年冬奥会期间，为了使北大参与奥运会的志愿者同学能够顺利洗上澡，洗浴班的工作时间也随着志愿者的时间安排进行了相应调整，为他们提供贴心的后勤保障。

以前，韩明明和大家的交流以面对面为主。随着线上交流的越发便捷，北大未名BBS上的帖子成为韩明明获得同学反馈的又一重要途径。根据同学们的意见，韩明明会主动、积极地帮助大家解决力所能及的问题。她说：

韩明明的工作笔记本

"干一行爱一行，在浴室服务窗口工作的18年里，我没有和同学发生过一次矛盾。当我根据自身的生活经验，帮助大家解决在洗浴中遇到的问题时，我感到很幸福。"

有人问她："每天的工作都差不多一样，你不烦吗？"韩明明总是温柔地回答："我并不烦呀！能为他人提供帮助的感觉很棒。我既然在服务岗，就要认真做好服务，用真心对待每一个人。"

平民学校的副班长

"正如蔡元培先生所说：'劳工神圣，人人平等。'学校重视每一位职工，并为后勤队伍提升专业知识和个人素质提供了丰富的机会和广阔的平台。"

北京大学平民学校的历史最早可以追溯至1918年。时任北大校长蔡元培提出"劳工神圣，人人平等"，创办了"校役夜班"。而后，李大钊、傅斯年、罗家伦、邓中夏等北大师生纷纷投身平民教育运

中国语言文学系程郁缀教授为大家授课

韩明明在北大校园里

动,组建了"平民学校"和"平民教育讲演团"。2006年,北京大学秉承"传承平等理念,成就平民梦想"的办学宗旨,重新举办平民学校。截至2021年,平民学校共培养了1334名学员,累计有900余名师生志愿者参与此项工作。有来自中文、心理、国际关系、经济、历史、生物、天文、社会学等领域的教师为大家授课。

除了在本职工作上全力以赴,受到北大浓厚学习气氛感染的韩明明,在2007年9月申请成为北大平民学校的学员,学习了英语、计算机网络、理财等课程。韩明明回忆道:

"我是平民学校的第二期学员。当时,身边有同事参加了第一期平民学校,告诉我们是由北大的教授们授课,我知道后特别向往。当听说第二期开始招生的时候,我就报名了。"

平民学校的学员们来自北大的不同单位。起初大家互不相识,有些局促,也担心自己跟不上课程的进度。但北大教育学院教授丁小浩、岳昌君,中文系教授程郁缀和其他所有老师的授课都十分通俗易懂,在教授知识的同时也与大家深度互动,很快就打消了各位学员的顾虑。

韩明明喜欢与人交往，她积极竞选成为副班长，因而拥有了更多与人接触的机会，和老师同学都成了很好的朋友。如今，韩明明和当初的同学们分布在校园各处，在自己的岗位上尽职尽责，共同保障着校园生活的正常运转。

平民学校如同一个和睦的大家庭，让韩明明深感温暖，她也因为在其中学习而自信倍增。学校重视每一位职工，为后勤队伍提升专业知识和个人素质提供了丰富的机会和广阔的平台；学员们完成学习后，都非常愿意将自己的收获分享给其他同事，这样也鼓励了更多人报名、参与学习。

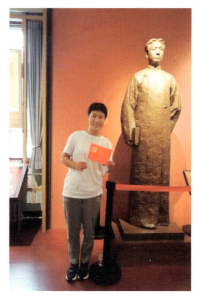

韩明明参观"北大红楼与中国共产党早期革命活动主题展"

平民学校平等互助的精神让韩明明备受感染，在结束自己的学习后，她报名成为平民学校的志愿者："这是一种传承。我们相互帮助，相互鼓舞，共同提升。"

进入北大之前，韩明明毕业于中专的广告设计专业。从平民学校毕业后，韩明明的学习劲头仍在持续，她开始备战成人高考，并成功入学。在工作的同时进行学习并不容易，她将业余时间充分利用起来，休息的时候几乎都在上课。最终，韩明明用两年半的时间完成了成人大专的学业。虽然这是一段忙碌而辛苦的日子，但她回忆起来仍感觉十分满足：

既然选择了学习，那就要好好学。自己选的路一定要坚持走完。

北大，如她所见

来校18年，韩明明对这座园子的爱从未曾改变。初至北大，她觉得能在北大"看澡堂子"就是一件幸事。那时候，大部分师生都在大浴室洗澡，她在服务窗口前看着朝气蓬勃的同学们，觉得每天的生活都如此精彩、充满变化。现在，学校的硬件条件有了大幅提升，同学们的宿舍都已配备浴室，她的工作也逐渐转向线上管理。虽然和同学们面对面的机会越来越少，但她为同学们服务的效率越来越高。

尽管在同一岗位已值守多年，她却仍然对北大保持好奇、充满热忱，并通过不断学习来获取新知识、丰富自己的内心："我还是特别喜欢现在的工作。喜欢北大，喜欢北大的同学。"

韩明明的工位

她还有一些话想说给北大的同学们:"后勤人员就是大家的'妈妈',有什么问题欢迎随时找我们。可以拨打电话'3319',也可以来31楼大浴室和我们沟通。出现任何问题,我们都会不遗余力地解决。我们会尽力把关系到大家生活的事情做好,希望大家每天都能开心、舒心。"

文 | 莫婉莹、刘亚凡、张矣可

路双桂

我要把在北大的点滴写下来，
留给孩子

每逢佳节良日

张灯结彩的北大校园光影交错

美丽而梦幻

每每灯火璀璨之时

北京大学动力中心电管科电工副工长路双桂

就默默站在光的背面

留下一个坚守的影子

一守就是32年

他在,安全感就在

每逢佳节良日,张灯结彩的北大校园光影交错,美丽而梦幻。每每灯火璀璨之时,北京大学动力中心电管科电工副工长路双桂就默默站在光的背面,留下一个坚守的影子,一守就是32年。

电流安全有效的输送,为校园带来光明和生命力。电力保障工作就像是校园的"心血管之泵",而路师傅就是那个保障电路如血管、电流如血液一般在校园中流淌的人。

路师傅说:"我在北大的故事太多了。我要把在北大的点点滴滴写下来,留给孩子、孩子的孩子。"

磨炼扎实的本领

1990年,路师傅慕北大之名而来。初入燕园,他带着兴奋、激动,也有一些对于未知的压力。但是被北大吸引的人,骨子里也一定会有某种精神力量,那是和北大的灵魂相契。

路师傅在工作中

工作中遇到了问题,路师傅便请教老师傅,学点"看家"技术。他也积极为改善供电条件出谋划策,以满足校园的供电需求。那时候,学校的供电设施还较为落后,路师傅说:"用电故障时有发生,极端的天气情况也不少——比如下暴雨、下大雪。但对我来说,工作上的挑战都不算什么。咬咬牙,用点心,都能完成任务。"

风霜雨雪中的从不缺席,遇到"疑难杂病"时的从不退让,使路师傅磨砺了一身扎实的本领。

不久之后,北大迎来了用电系统的整体改造,信息化品质校园的建设如火如荼,新设备、新系统的引入也带来了新挑战。在高速发展的信息时代,从未接触过电脑的路师傅立刻紧跟时代的步伐,开始自己研究电脑操作。他慢慢学会了打字、上网、制作表格等,开展工作时也因此而更加游刃有余。每当他接触到不熟悉的新设备时,他就会主动询问安装的厂家、技师、工作人员，留下他们的联系方式，以便随时请教。在不断的学习和进步中，路师傅在北大的电力保障工作岗位上，一待就是32年。

他在，安全感就在

"他在现场，安全感从不缺席。"

自路师傅进入北大起，他就从未缺席过任何一个重要活动现场。其中令他印象最深刻的是2008年的北京奥运会。

奥运会的乒乓球比赛在北大邱德拔体育馆举行。统筹如此大型的运动赛事的供电保障，还要保证广大师生的日常学习和生活用电，这对北大的供电系统来说是前所未有的挑战。

这个重任落在了路师傅的肩膀上。为了"万无一失"的工作承诺，路师傅提前几个月就开始带领一线的工人们检修全校组件设备；比赛过程中，他们则每天分班巡查线路、检查配电柜，确保一切运转正常。路师傅的心中始终紧绷着一根弦，一直坚守在一线的他几个月都没有时间回家休息，直到奥运会比赛顺利结束，他们才松了一口气，踏踏实实放下心来。

除了奥运会外，1998年的百年校庆，2018年的120周年校庆，普京、克林顿访华到访北大……路师傅在学校的重大活动中承担不同的工作职责，却拥有相同的使命。他在现场，安全感就在现场，从未缺席。

每天陪伴北大，并见证北大的高光时刻，路师傅为他的工作骄傲着：

"事情交给我去办，他们都挺放心的。"

要把整个用电工作处理得井井有条实属不易。出工前，路师傅会提前一天在电脑上写下一天的安排，做好活动预案，防患于未然；工作中，他和同事们在烦琐的工作间隙抓拍留念，互相分享逗乐，留存"小确幸"；他还放弃了不少与家人共度佳节的机会，只为北大的师生能过个好节。

"我在北大的故事太多了"

"我要把在北大的点点滴滴写下来。"

32年来，路师傅早已把北大当成了自己的家。高光时刻的互相成就振奋人心，而平淡岁月中的漫长相守也格外动人。他珍惜在北大的每一天，常常拿起笔记录下在北大的生活日常：

"我现在大概还能工作六年，我要把自己在北大的点点滴滴写下来，留给孩子、孩子的孩子，让孩子知道曾经他爸爸、他爷爷在哪儿工作，经历过什么。我在北大的故事太多了。"

路师傅在工作中

路师傅分享了其中一个故事，一个有惊无险，但仍心有余悸的时刻：

"那时我们去博雅塔最高的圆球上修灯，怕同事们害怕，我就第一个上去了，给大家壮壮胆。等修完了要下来的时候，由于线路老化,我的一只手不小心蹭到了裸露的电线,突然就触电了,胸口以上立刻不能动弹。""那时候我的大脑是清楚的,能隐约感到电流从手心穿过,这时嗓子已经喊不出声来。"路师傅急中生智,抬起脚用力蹬开了塔上的斜坡。"我从塔上边儿落下来,划破了身上几处皮肤,落下来后正好趴在塔的边缘,没掉下去,那真是不幸中的万幸。"

回忆起博雅塔上的惊险时刻,路师傅仍然心有余悸。此后,路师傅和团队的师傅们改进了工作方法,加强了学校用电日常隐患的排查:"工作中难免小磕小碰,这也提醒了我们作业时要更加注重自身防护。"

是见证者,也是记录者

路师傅和动力中心的同事们保障着校园电力的正常运转,守护着校园的用电安全。他看着一批批新生走入校园,又目送一届届学子踏入社会,他和学生们一起成长,也见证着北大的变化。

"学生们举办的活动越来越丰富,校园建设得也越来越好。之前的百讲还是一个老礼堂,现在焕然一新了。"感慨于燕园的日新月异,路师傅常常拿起相机,定格当下的美

路师傅在北大的摄影作品

好瞬间：灯火通明的教室，匆匆忙忙的学子脚步，懒洋洋的猫咪，光影交错的未名博雅……拍照片、做视频，是路师傅的生活方式，也是他的日常乐趣。

路师傅在北大兢兢业业地工作，而北大的一切也无时无刻不在温暖着他。他在这里习得的不仅是电力保障的技能，还有很多书本上学不到的知识，"在北大，能接触到的知识面特别广"。

"我在未名湖边、食堂，遇到认识的老师都会聊聊家常，也会了解一下北大的历史。老师们都很慷慨，跟我说了很多书上没有的故事和历史。这些片刻让我感到特别快乐。"

北大近些年增设了许多学科，遇见熟悉的老师，路师傅也会好奇地请教两句："这个学科主要是研究哪方面的呀？"谈及这里，路师傅欣然地流露出满足：

"我如果不在北大，是肯定没有这种沟通机会的。这些真是我人生中最快乐的事。"

路师傅还喜欢地理和考古，空余时间里，学校开设的琳琅满目

路师傅的户外运动留影

的讲座丰富了他的精神世界,地空学院的化石展览也给了他更多的学习机会,"我在北大学到了很多很多"。

路师傅还特别关注学校的社团文娱活动:"我的性格特别适合加入山鹰社,因为我喜欢户外活动,我休息的时候就会去爬山。"而每次在户外出行中,路师傅也同样会举起相机,记录下身边的风景。他用心爱着北大,也爱着北京这座城。

春夏秋冬,寒来暑往,就这样,路师傅32年如一日地奋战在北大用电保障第一线。有他和动力中心同事们的兢兢业业,燕园就有明亮的灯光、温热的水、舒适的温度;有他在,北大更是所有师生流连忘返的家园……

文 | 刘亚凡、单丹萍、袁佳佳

刘亚玲

爱是"用心"和"懂得"的
相互辉映

我们在端午节前夕采访到刘亚玲
对话不时被前来的同学打断
一位女生敲开了楼长室的窗户
专门给刘亚玲送来粽子
楼长的工作繁杂琐碎
但这样的温情时刻
时有穿插

牢牢记住每个同学，
她相信"陪伴是最长情的告白"

十年，不只是"看大门"

当日光越发炙热，虫鸣声渐起燕园，这里又迎来了一年一度的毕业季。刘亚玲对此已不感到陌生，这是她担任畅春新园4号楼楼长的第9个年头了。她熟悉这里的每一个角落，认识这里的每一个学生，这是时间沉淀的结果，也是她一点一滴用心汇聚起来的成绩。楼长的工作概括起来很简单，一切在楼里发生的事情，都与他们有关。有人说他们只是"看大门"的，刘亚玲不同意。确实，她所做的远不只"看大门"这么简单。

管理出入、巡逻安全、登记报修、协调床位……楼长的工作由无数这样的小事构成，但除了做好这些，刘亚玲还主动给自己揽了不少工作。

"王志，最近论文做得怎么样了？"

"静菡，又吃外卖啦？"

畅新4号楼里，刘亚玲与同学们的对话时常就这么开始了。在畅

刘亚玲在记录　　　　　　　　楼长室的桌面

新4号楼，刘亚玲不仅记得每个人的名字，连他们的喜好、特长……她也都基本清楚。

每年开学，刘亚玲都会制作一些表格，上面记载着新入住同学们的基本情况。随着时间的推移，这些信息或增或减，每一名同学在刘亚玲的印象中也就立体了起来。

"这栋楼有700多号人，也就是有700多个灵魂。"

这些表格蕴含了刘亚玲对同学们个性化关照的努力，同时也是她高效工作的利器。"这项工作不是独立的，对于后面的其他工作也有很大的作用，相当于一个点能串成一个串。"刘亚玲的工作习惯很好，不仅用心，而且动脑。

每年毕业会有一批人离开，其中有不少宿舍是一个同学走了，另一个同学还在继续学业的情况，这时合并宿舍就成为一项重要的工作。畅新4号楼住的都是博士生同学，刘亚玲特别理解他们的学业压力。"科研工作已经很劳累了，作为大后方的生活起居再起乱子就不好了。"

为了让同学们住得舒心，刘亚玲下了不少工夫。每次合并宿舍之前，她都会搜集相关同学的偏好，兴趣爱好、作息时间……一个一个核对匹配，力争让每位同学都心满意足。

这么费心费力地工作，其实都是刘亚玲自发主动给自己"创造"的，这样的用心已经十分难能可贵，不过，她做的还不只这些。

刘亚玲记载的贴士

大年三十，陪你吃饺子

大年三十的夜晚，碰上为了写作博士论文不回家的孩子，她会招呼过来一起吃饭，看着电视一起把年热热闹闹地过了；

疫情期间，居家的同学写作论文需要放在宿舍的笔记，她会一页一页地拍照上传；

刘亚玲所得部分荣誉

夏天暴雨突然来临，她会飞快收好晾晒在外的被子衣物；

为了让同学们回到宿舍放松心情，有眼前一亮的体会，她会在节假日来临之前带领同学们精心画好黑板报；

闲暇时间，她会登录学校论坛BBS，了解同学们的兴趣和心情，

刘阿姨带领同学们一起完成的黑板画

以此更好地分享交流……

点点滴滴之中，是刘亚玲用心的付出，用情的关爱。

美好的是，这样的爱，不仅不偏不倚地传达到畅新4号楼的同学们中，还得到了他们的同样真诚热烈的回应。

"我还要特别感谢北大畅新4号楼的刘亚玲楼长，疫情期间，她专门到宿舍，用手机把我厚厚的笔记本全部拍下，并及时传送给我，让我在家中得以顺利完成论文。"这是历史系15级博士吴淑敏在博士论文结尾处对刘亚玲的致谢；

"感谢北京大学畅春新园4号楼的宿管刘亚玲阿姨，在畅春新园的三年得到您许多关心和开导，使我尽可能免于生活琐事的烦扰，从而心无旁骛地进行研究。"这是哲学系14级博士姚宇臣在博士论文结尾处对刘亚玲的致谢；中文系17级博士王乙珈在毕业前激动地抱着刘亚玲大哭，嘴里不停念叨着刘阿姨对她的种种关爱，不舍离去……

回忆起这些，刘阿姨数度哽咽。她说，这份工作难免有委屈，但大多时候同学们都体谅自己的付出，相信自己的为人，有时就算有委屈，同学们也会宽慰自己，鼓励自己。比起这些年来因为工作收获的奖励荣誉，同学们的懂得与珍爱才是让她觉得这份工作充满意义与价值的所在。

同学写给刘亚玲的感谢信

陪伴是最长情的告白

问刘阿姨喜爱这份工作吗，在特意准备之后，她动情地说出这段话：

"我喜欢在北大的楼长工作，今天一位同学和我说，'阿姨我答辩完了，终于从一个博士生成了一名博士'，虽然只是少了一个'生'字，我想只有她自己知道，这些年她经历了什么，为之付出了多大的努力。

"同学们在这几年的读博生涯中，我见证了他们起早贪黑干科研，夜夜苦读写论文的场景，我理解他们的不易，在这个园子里有过他们的困惑、迷茫、痛苦和泪水；也有过他们的希望、奋斗、成绩和荣誉。

"我作为一名楼长，不只是保障这座钢筋水泥大楼里的硬件生

刘亚玲在检查开关

活设施,同学们需要的是有热心、有耐心的楼长为他们服务,他们也更需要有温度的一个温馨的'家'。"

为他们营造这样一个家,让刘亚玲感到快乐与满足。

转眼又是毕业季,陪伴了同学们一程的"刘阿姨"要跟大家说再见了。她说看着穿着博士服的同学们,她耳边一遍遍响起《青春大概》,对于同学们的离开,有羡慕,有不舍,但更多的是祝福,她真诚地祝愿大家"走进社会的大学,发挥你们的所长,为国家做出贡献"。她也明白大家面对未来的压力和不易,那就放轻松,只要"从点滴小事做起,踏实做事,认真生活"就好。有空的时候,

刘亚玲带领同学们完成的黑板画

常回来看看。

或许,你会遇上还记得你名字的"刘阿姨"。

文 | 王悦

董贯团｜武平兵 （夫妻）

24小时待命，学生公寓的幕后守护者

2010年，他来到北大从事保洁工作
4年后，凭借自学的维修知识
成功转岗维修工
从普通门锁到智能门禁
从改锥扳手到英文代码
他从未停止学习的脚步，终成"技术达人"
十多年来
武平兵与妻子董贯团
在燕园相濡以沫
一位以智慧排除一切故障
一位用勤劳扫除所有尘土
在清晨，在午夜
他们步履匆匆，不辞辛劳

强强联合,他们是北大公寓安全卫生"夫妻档"

在北大工作十多年,武平兵和董贯团的工作,是"平凡""默默无闻"的,更是"重要""不可或缺"的。

接受记者采访时,虽然学生们已经放假小半个月,但武平兵和董贯团却刚刚完成毕业生宿舍清理工作,能够得空休息一会儿。

2010年,武平兵在亲人介绍下从河南老家来到北大,成为学生公寓保洁员。第二年,他的妻子董贯团追随丈夫的脚步,来到北大从事相同的工作。夫妇二人就这样在这里扎下根来:武师傅自学技术知识,当上了维修工人;董阿姨则始终用勤劳和责任心,十年如一日地将自己负责的每个角落打扫得纤尘不染。

每天清晨,扫地拖地,清理垃圾,打扫水房、厕所,擦洗镜子……当同学们刚睡眼惺忪地起床洗漱时,董阿姨就已经完成了第一轮的保洁工作。直到下午5点,除了中午休息时间,她随时在公寓楼巡视,不放过一个卫生死角。

一大早,负责宿舍维修工作的武师傅也开始工作了。他或是在办公室忙着为同学们配钥匙、修改门禁系统信息;或是随时带上工

具前往各个宿舍楼,维修损坏的门锁、智能设备。将要陪伴每位新生若干年的公寓钥匙,都珍藏在他的办公室里,由他负责在开学伊始发至各个院系。

于同学们熟睡或上课时工作,在大家回到宿舍休息时又默默离去,这样的工作时间,决定了夫妻俩大多出现在学生生活的"幕后"——我们随处可见他们的劳动成果,却不了解他们的付出。

"其实保洁和维修都是需要24小时待命的,遇见一些突发情况要马上赶过去工作。"

为了及时响应维修需求,武师傅的手机片刻不离身,"下班时间"已经成为一个模糊的概念,随时随地,有求必应。对董阿姨而言,宿舍里随时有需要消毒的情况出现,她都会第一时间到位。夫妻二人用匆匆步履和随时待命,为同学们换来干净的楼道、焕新的门锁和每一声"刷卡成功"的问候。

自学成才,后勤维修的"技术达人"

初中学历的武师傅,凭借着一股韧劲儿,自学维修、电脑知识,成长为一名专业的维修技术人员。

从保洁员到维修工,从普通门锁到智能门禁,"技术达人"是武

师傅身上一个闪亮的标签。2014年,一位维修工同事的离职,成为武师傅岗位转变的契机。他自学相关知识,报名应聘,成功通过了面试,转行成为一名维修工作人员。

武师傅对维修工作充满热忱,笑言:"我从小就爱瞎倒腾。"起初他的工作只是修个门锁,没有太高技术要求。但随着信息化建设提上日程,武师傅面对的不仅是老式锁,还添上了闸机系统、智能门锁……他感觉压力很大。为了顺利开展工作,武师傅先向技术人员学习理论,再在日常工作实践中反复摸索,自己上网搜索不会的知识。就这样,他也成长为中心公寓智能化设施的维修技术人员。

武师傅不会英语,在学习过程中遇到的最大困难是全英文代码。难关面前,他靠"死记硬背",或是在电脑上"自己做word文档,哪个命令的英文怎么写、敲完这些命令代表什么意思,都记下来",最终克服万难。凭着这份自制"技术手册",武师傅在反复敲击键盘的过程中,逐渐能熟练运用对他而言如同天书一般的英文代码。

发现问题,提出意见,武师傅在最基本的维修工作中,也不断为信息化建设的完善贡献一己智慧。最早宿舍楼闸机系统试点安装时,公寓楼的入住名单如有变化，都需要手动在闸机系统上更改，不能自动调整。武师傅把这个问题积极向中心反馈，并提出建议。后续扩大信息化建设试点工作中，中心有效地吸取了前期积累的经验，完善不足，加强了系统的对接和联动，让烦琐的程序成为过去时。

谈起信息化建设的工作，武师傅便滔滔不绝。初中学历的他，通过这几年的认真工作，将各式计算机系统、手机型号等知识熟稔于心，倒背如流。"肯定会不断更新自己的知识"，武师傅谈到未来时如是说。学校管理服务要求的不断提高，新技术的不断发展引入——这些都推动他走上持续学习的路。

执子之手，用奋斗共赴美好未来

他们生活和工作中相依相伴，是夫妻，也是彼此的助手。

武师傅和董阿姨在燕园中，分别扮演着宿舍安全、卫生的幕后守护者，为同学们提供舒心的生活环境。作为公寓服务中心"夫妻档"，他们在十几年里用彼此间朴素的扶持诠释爱的力量。

"如果没有他在这里，这些工作我是干不成的。"

董阿姨的语气中带着一点腼腆。保洁工作有时异常繁重，就拿她刚刚完成的毕业生宿舍清理工作来说，短短一周之内，所有清洁工人需要将1000多间房间里的垃圾全部清扫干净,还要把家具统统擦拭一遍——这对于瘦小的董阿姨而言是个不小的挑战。为了顺利完成这项"艰巨"的工作,武平兵一有空就帮助妻子和其他保洁员清理大袋垃圾,一起分担工作。而董阿姨给予武师傅的,则更多是一位体贴的妻子对丈夫生活上的照料。十多年来,武师傅的每个清晨,都在妻子关怀的声音和营养早餐的热气中开启。

在北大工作十几年,这里早就成了他们的第二个家。"北大的气氛和环境,比在老家或工厂工作好太多了。"武师傅如是说。在这座园子里,他最深的感受便是每个劳动者都会得到尊重。

"没有人会因为你的工作看不起你。"

工作之余,夫妻二人积极参与北大活动。武师傅骄傲地分享他每年都在工会象棋比赛中获奖的光荣"战绩",董阿姨则对"平民学校"的授课内容记忆犹新:"给我们讲课的都是北大教授,内容也不会让人听不懂。"他们谈到初次了解计算机知识时的惊喜,谈到聆听三山五园故事时的快乐……燕园旧宿舍不断翻新,信息化建设稳步推进,武师傅和董阿姨,也随着这个他们守护的家园一同成长。

武师傅觉得,他和妻子做的都是"平凡的事"。但就在这些平凡小事中十余年的坚守,成就了武师傅自学成才变身"技术达人"的奇迹,成就了董阿姨用一份责任心追求自己负责的每个角落纤尘不染的信仰。他们在安眠的校园里默默付出,再在黎明到来之际悄悄退场。但那些我们与之朝夕相处的公寓钥匙、门禁系统、干净的宿舍空间,都带着他们留下的温度。

文 | 黄丽洁、吕可欣

史梦潇｜刘海青（夫妻）

北大就是我们的家

2014年
他们来到北京大学万柳学区
史梦潇在万柳公寓前厅部
"解师生之所需"
刘海青则在万柳公寓热力站
守着暖气、空调等正常运作
他们一位在前台、一位在幕后
为师生提供及时、暖心的优质服务
八载光阴里
夫妇二人携手
共同守护着万柳的"安全感"

心志要坚，意趣要乐

尽心竭力为师生

在史梦潇、刘海青夫妇这里，师生们的请求与期待从来都不会落空。他们一直希望，自己是能够被依赖的"暖心人"。

每日清晨，史梦潇夫妇便开始了一日的劳碌。更新门卡、借钥匙、收发信件和报纸、办理入住和退宿、登记报修……从晨光熹微到暮色四合，"脚不沾地"是史梦潇工作的常态。"前台的事情琐碎得很，每一件却都与师生的生活息息相关。"在她看来，只要是老师同学们的请求，她一定会尽力满足并做到最好。

对同学们来说，史梦潇温柔知心，像是家里的大姐姐，让人感到安心。前段时间，有位女同学来前台借针线缝补衣服，史梦潇在了解到这位同学并不会缝补衣物后，立马伸出援手，利用下班后的闲暇时段帮她缝补。第二天一早，将缝补好的衣服交还给女同学。"那位同学特别感谢，还给我送来小礼物，"她笑着回忆，"不过我没有收，这些都是举手之劳。"

史梦潇为同学缝补衣物

史梦潇前去查看生病的同学的情况

"只要是我在岗,我就一定会负责到底,把事情处理好。"

这是史梦潇给自己定下的要求,也是她"随时待命"工作状态的真实写照。

史梦潇还记得某个周末,正在值班的她接到电话,说有个女生在电梯门口晕倒,怎么叫都没有反应。从未遇到过这种情况的史梦潇不知所措,但她告诉自己一定要冷静下来,"我要是慌了,同学们又能依靠谁呢?"于是在了解学生所在位置和大致状态后,她一边叫上值班的安保人员,一边电话求助有经验的安保部朱德丰主任,以最快的速度冲到现场。由于等待乘梯的时间较长,史梦潇果断放弃乘梯,从一层跑到了十一层。

见到同学后,她了解到同学是因为处于生理期再加上没吃早饭,导致低血糖所以晕倒。考虑到同学身体虚弱,她和安保人员一起用椅子将其抬回宿舍,沏好红糖水,并亲自喂同学吃饭,温柔地照顾学生。眼看同学逐渐好转,史梦潇这才如释重负地离开,并在下班后专门打电话确认同学身体状况。

而对于老师们来说，史梦潇则像是一位热心可靠的好邻居。公寓楼里住着许多老师家属，曾经有位老师给家里老人打电话一直是无人接听的状态，老人年纪大，行动又不方便，让一时赶不回去的老师焦急万分。史梦潇了解情况后，立刻放下手头的工作，赶到老人所在房间。这才发现原来是老人不太了解智能手机的相关操作，而手机没电自动关机了。向老师报了平安后，史梦潇又手把手教老人如何给智能手机充电、如何接打电话等操作，并再三嘱咐遇到任何问题都可以向前台求助。

"平常老师们上班后，门没锁、电源没关、下雨要收衣服，都会找我们帮忙"，史梦潇说自己很喜欢这种被人需要的感觉，哪怕只是微不足道的"小事"。前厅部是万柳公寓的"中枢"，师生们有任何紧急情况都会第一时间向前台求助。史梦潇守着这小小的一方天地，便好似守住了属于万柳的那份"安全感"。

史梦潇在前台忙得脚不沾地时，丈夫刘海青也在后台默默付出。刘海青在北京大学万柳公寓热力站工作，主要负责管道电焊，同时保障园区供暖、制冷和浴室的正常运行。

平日，刘海青需要完成供暖方面的工作，即锅炉安全阀和压力表的拆装校验、锅炉清洗等，确保锅炉的运行安全。

在冬季供热试水期间，对全园区近2000块暖气片进行检查，及时排除漏水、房间内不热等情况；制冷方面，对中央空调主机进行日常维护保养和运行调试，在制冷系统运行前，刘海青还需要完成制冷系统、冷却塔水盘、平衡阀等检修保养工作。

除了这些日常工作以外，刘海青还很注重专业学习，在中心举办的三届职工技能比赛当中均荣获第一名，第三届的比赛作品更是

第三届职工技能比赛（左三为刘海青）

史梦潇夫妇收到同学专程送来的锦旗

直接用于学生宿舍空调箱改造中。

以往，师生会通过打电话报修；如今，师生通过微信公众号报修。而刘海青总是尽快、全力完成各类师生报修工作，合理调节供暖室温，确保供暖室温达到国家标准和中心要求；浴室方面，做好管道疏通及热水调节供应工作，确保万柳浴室正常运行。

刘海青也是位细心谨慎、责任心强的员工。他在清理毕业生宿舍时，发现了被遗落的6000余元现金，便和爱人史梦潇立即上报部门主管、寻找已毕业学生，最终物归原主。同学表示万分感谢，送来了感谢信和锦旗，在"开学第一课"分享会上，以神秘礼物的形式向他和史梦潇进行了感谢。面对赞誉，刘海青腼腆地说："只要能帮上师生，这一点不算什么。"

八年如一日，不管是前台还是后台，史梦潇、刘海青夫妇在这八年孜孜不倦地解决师生们的大小事，从未心生厌倦。在万柳，只要有他们，师生就能够感到安心。

心志要坚，意趣要乐

回顾过往，史梦潇沉思良久，最终用一句"宝剑锋从磨砺出，梅花香自苦寒来"为自己一路走来的经历加上了注脚。

刚到燕园时，她的第一个工作是在客房部，跟着保洁员更换床单被罩、进行卫生打扫。虽然应聘的是前厅部，但对于这样的安排，史梦潇欣然接受，并没有任何抵触情绪。在她看来，"所有的工作都是一样的，没有认真负责的心态就做不好"。

由于当时服务台人手短缺，史梦潇虽然人在客房部，却算得上是"打两份工"。每天17:30下班后，她会揣着自己不离身的笔记本，来服务台帮忙到半夜23:30，同时熟悉工作流程和内容，记在本子上。"等我真正到服务台工作的时候，不需要别人教，自己便可以得心应手。"说到此，史梦潇语气里是抑制不住的自豪。刘海青也为爱人的工作成就感到骄傲。

如今，史梦潇已从懵懂青涩的小姑娘蜕变成成熟干练的前厅部组长。她感慨道："我对北大怀着崇敬和向往，虽然自己不曾考上，但能为北大师生提供暖心周到的服务，让学生能够安心念书，不受外物影响；老师能安心教课，没有后顾之忧，也是一件很有成就感的事。"

成为前厅部组长的她肩上有了更多的责任，除了按时按质完成领导交办的工作，守护"万柳大家庭"外，辅助部门主任团结好前厅这个"小家"也格外重要。每当有新同事来，她总会把自己写得满满当当的工作笔记拿给他们看，工作培训方面更是毫无保留地倾囊相授；担心新人不适应工作节奏，她常私下里找他们谈心，了解问题、倾听困难、提供帮助，耐心与对待师生相比分毫不减。

在同事们的印象里，史梦潇是一个既"坚"且"乐"的人。工作中，她无论对人对己都十分严格，俨然一个可靠的"大姐姐"；而闲暇之余，她又是团队里的"开心果"，有趣的事信手拈来，逗大家一笑。成熟稳重和活泼开朗两种性格在史梦潇身上得到了巧妙的融合，这或许正是她的魅力所在。

"这里就是我们的家"

"我们最好的年华都是在这个园子里度过的，人生大事也都是在这里完成的，这里就像是我们的家一样。"

2014年初，史梦潇进入燕园，几个月后，在她的劝说下，爱人刘海青也来到万柳从事后勤保障工作。2015年9月，他们在这里举办了婚礼；2016年11月，有了自己的小孩。种种美好与温情织就了史梦潇、刘海青夫妇在北大度过的岁月，对他们而言，这是一个家一样温暖的地方。

史梦潇说，在万柳工作的这些年，她有了很大的改变。"以前的我性格急躁，脾气也不好，但现在，我很愿意倾听师生的诉求，设身处地为师生着想。"虽然有时难免会遇到不被理解的情况，但史梦潇也逐渐学会了自我调节，绝不把负面情绪带到工作中，时刻让师生看到一张笑脸。

这种变化不仅体现在工作上，也体现在史梦潇自身的成长中。在北大浓厚学习氛围和十足文化底蕴的感染下，她重新燃起对知识

史梦潇、刘海青一家三口

的渴望，报名了成人继续教育。

"身边的师生都那么优秀，对我也是一种引导和激励。"

除此之外，她还积极向党组织靠拢，经过个人申请、部门推荐、支部考察后，成了一名预备党员。虽然工作很忙，但只要园区里有志愿服务，她总会积极报名参加。史梦潇说，她也想成为别人的榜样，期待自己能不断拓展知识面、开阔眼界，从而为师生提供更加优质的服务。

刘海青说，燕园让他沉静了下来，像是一片随波漂流的叶子找到了落脚处。他喜欢像家一样的燕园，每个人都相亲相爱、互相帮忙，不会为了一点小事斤斤计较。在这里，他感到很舒适。

"我真的很幸运，遇见我的爱人，遇见燕园。现在已经很好了，也希望以后会越来越好。"

文｜王亭苏、练芷瑄

杨小东 | 王淑花 （夫妻）

20余年，他与妻子在北大相知相守

迎新生、送毕业生、校园开放日、美食节、夜奔……
师生们熟悉的学校大型活动
都需要校园服务中心提供的后勤保障
也都留下了杨师傅和王阿姨辛勤工作的身影
就像他们自己所说的：
"只要有活动，就有我们。"

为北大师生排忧解难，他们一起"冲在第一线"

"手机掉进未名湖里怎么办？"这个看似概率很小的事，却是校园服务中心杨小东师傅多次遇到并需要帮助同学解决的。光是2022年四五月份，他就帮助同学从湖里捞出过五六个手机。一次，杨师傅见BBS上有同学说自己的手机掉进了一个五厘米宽的缝里，而底下是一个大洞，他便主动与这位同学联系，用探照灯和钩子、粘鼠板忙活了半个多小时，终于从小缝中将同学的手机粘了出来。

学校里与同学们息息相关的小事，就是杨师傅工作的日常。作为绿化环卫管理科主管的他，不仅维护着校园的清洁美丽，更出现在每一个同学需要的地方。2022年，是他来到北大工作的第26年，也是他的妻子王淑花来到北大工作的第17年。

"园林绿化是一门学问"

85万平方米绿地、10万平方米水面、500多株古树……说起北大的校园环境,杨小东师傅如数家珍。在北大26年的绿化工作中,他日复一日地用脚步丈量燕园的土地,精心呵护着每一棵树、每一株花、每一片草地,将岁月镌刻在校园里的每一个角落。

"绿化工作看着不觉得什么,实际绿化修剪很有学问。"

说起从事园林绿化行业的经历,杨师傅嘴角泛起笑意。1995年,初中毕业的他跟着亲戚来到北大,后来就留在了这里。园林工作讲究"传帮带",在实践中学习。初入北大时,杨师傅没有接触过绿化工作,在老师傅手把手的指导下,他第一次拿起大剪子,尝试修剪树枝和草坪。他回忆,自己上手比较快,没有觉得很难,"修剪这种东西,你敢下手就行"。在实践工作的同时,他也不断加强理论学习,从初级工开始考,到中级工、高级工,直到现在的绿化技师。

从机缘巧合的偶遇到全身心投入的热爱,这是杨师傅与北大的故事,也是他与绿化行业的故事。如今,作为校园服务中心绿化环卫管理科主管的杨师傅,负责"查漏补缺"和协调组织,通过日常巡视检查绿植的水分、枝叶状态,在有需要的时候提出修剪、施肥或其他操作的注意事项。有时遇到工作量大、需要集中操作的情况,如大片杂草杂树的处理、早春时期的枯枝清理等,杨师傅就在小组中发挥统一协调的作用,指挥员工进行集中作业,自己也亲身参与其中。

杨师傅的爱人王淑花王阿姨同为绿化环卫科职工,在学校的花房

工作。花房坐落在朗润园，负责学校所需的装饰花卉的培育工作。花卉培植有固定的流程：花苗先放在盆里养，春天暖和的时候翻地、施肥，把花苗种到地里，等到5月份花

开了，就可以用了。五六月份再开始准备10月份用的花，也是这样的过程。串红、小李花、虞美人、三色堇……细数花房里培育的各种花卉，王阿姨笑意盈盈。在培植繁花的耐心背后，是一种对生活的温柔和热忱。

冲在第一线

作为校园服务中心的职工，杨师傅在完成日常工作的同时，更紧扣"服务"二字，在突发事件的应急处理、重大活动的服务保障中冲在第一线。

在2008年北京奥运会中，北大邱德拔体育馆被选定为乒乓球比赛场馆。举国盛事，每一位北大人与有荣焉。杨师傅作为学校园林管理的工作人员参与到奥运场地建设和保洁工作中。连续四个月的盒饭、每天四小时的睡眠时间、严格的封闭式管理……回忆起那一场高强度的奋战，杨师傅依然记忆犹新。那一年，他被评为"北京大学奥运工作先进个人"，办公室里细心珍藏的荣誉证书，镌刻的是对北大、

2008年北京奥运会,杨师傅在北大邱德拔体育馆参与工作

对国家质朴的深情。

"人这一辈子能参加几次奥运会呀,而且是在中国、在北大举行,自己能够参与其中,虽然累点但觉得特别值。"

在2022年北京冬奥会、冬残奥会中,杨师傅也同样坚守在自己的岗位上,承担起北京大学志愿者接送工作,尽己所能为祖国的冰雪盛事提供后勤保障。十四年过去,从三十出头到年近半百,再逢盛事,他初心依旧,热情未减。

杨师傅自豪地谈到,自己是一名老党员,入党近二十年来,他以每一次关键时刻的挺身而出,践行初心使命,诠释责任担当。

"在这里一直干下去"

迎新生、送毕业生、校园开放日、美食节、夜奔……师生们熟悉的学校大型活动,都需要校园服务中心提供后勤保障,也都留下了杨师傅和王阿姨辛勤工作的身影。就像他们自己所说的:"只要有活动,就有我们。"

在参与大型活动服务保障的过程中,他们对学校的感情越来越深。王阿姨感叹道:"在学校待了近二十年,比在自己家待的时间都长,那种感情用言语是没法表达的。用他(杨师傅)的话来说,我闭着眼睛,北大哪个地方我都知道。"

多年离家在外,他们有付出,也有牵挂。杨师傅和王阿姨的孩子在河北老家上学,平时他们不能陪伴在孩子身边。孩子在学校寄宿,周末才回家,每到周五下午,估摸着孩子快要到家了,杨师傅和王阿姨就抱着手机,准备在孩子回到家的第一时间与孩子视频通话。"总不见面肯定是特别期待了。忙起来的时候没有时间想一些私事,闲下来的时候肯定会想。哪有父母不惦记孩子的?"说起对孩子的愧疚和心疼,王阿姨不禁哽咽。

二十多年来,他们把学校的学生当作了自己的孩子。杨师傅的手机号码挂在燕园微后勤上,很多同学遇到需要帮忙运东西等事情都会给他打电话,有时候晚上十点他还会接到同学的电话。他从来没觉得被打扰,而是随时赶到同学们需要的地方,帮助同学们解决遇到的难题。

接受采访时,杨师傅和王阿姨总是专注地听着对方讲话,在对方的讲述中微笑着回忆起那些共同经历过的辛苦和幸福。他们说,他们会一直在北大干下去,迎来一届又一届的学生,也送走一届又一届的学生,看着北大变得越来越好。在燕园携手走过半生,他们相爱相守,共同向前。

文 | 吴纪阳

杨师傅、王阿姨和他们的儿子

张书清 ｜ 王凤琴 （夫妻）

在燕园，每一个热气腾腾的日子

从清晨到黑夜

从春日到寒冬

茶炉房内无言的坚持

教学楼里热情的付出

一杯热水，一声问候

我们已觉得习以为常

34年转瞬而过

每一个热气腾腾的日子

在我们看不到的地方

校园服务中心的张书清与

妻子王凤琴的身影无处不在

他们默默地保障着校园内的热水供应

和教学楼里的环境卫生

年华如"水",他们让北大的每个日子"热气腾腾"

清晨是从茂密树冠里一声鸟鸣开始的。

天光破晓,张书清师傅就已经开始了一天的忙碌。踏着未散去的晨雾,他走进一座座教学楼。路过每层楼的开水器,确认指示灯正常,打开水龙头,看到冒着白气的热水汩汩流出,张师傅才放心地点点头,去往下一处检查开水器。

晓雾散去,上早课的同学们陆续到来,捧着装了水的杯子进入教室。蒸腾的热气在杯壁上结出细密的水雾,散发着一份沉默无言的暖意。

这是张书清师傅的日常。

一炉开水,蒸腾了岁月

从清晨到黑夜,从沸腾过一炉又一炉水的茶炉房到独立供水的开水器,他34年如一日,履职尽责。

1988年,来自北京延庆的张书清,来到北京大学事务处(现校园服务中心)。从那时起,张师傅便开始从事司炉工作。

司炉,顾名思义,是负责校园中茶炉房的一切事务。那个时候,全校师生的饮用热水和生活热水,都由茶炉房提供。

清晨5点钟,茶炉房便开始热火朝天地工作。20世纪80年代,北大校园内还没有普及天然气和热水器,全校几个茶炉房,只能通过烧柴或烧煤来供应热水。天刚蒙蒙亮,张师傅已经起床,将当天需要的燃煤从煤厂推到茶炉房,再花两个小时的时间提前准备和操作,烧开早晨的第一炉水。等到7点钟水达到温度,茶炉房也打开了门,迎接前来打水的老师和同学,张师傅接过一张张水票,春来秋往,始终如一。炎炎夏日,暑气从清晨开始蒸腾;寒冬腊月,日出迟迟,常常是忙了一清早,东方才泛起鱼肚白……数不清经过了多少个年头,张书清师傅始终默默地在茶炉房工作着。认真负责、踏实细心,他没说,可行动都替他说了。

后来,北大的热水供应从烧柴、烧煤到烧天然气,到由每栋楼的开水器独立供水。从繁杂的劳动中"解放"出来的张师傅,又承

担起了开水器的管理工作。每天早晨,他都要巡视一台又一台开水器,检查机器供水是否正常,下水道是否通畅,开水器是否需要保养,以及配合相关单位的水质检测。尽管体力劳动的强度缩减,却对管理者精细化、专业化水平提出了新的更高的要求。"我要和同事们加倍努力把负责的工作做得更好,为老师和同学们服好务。"张师傅永远都带着笑意,迈着稳健的步伐,穿梭在教学楼间忙碌。

从烧柴、烧煤集中供水,到巡视管理每栋楼开水器的运行。34年一晃而过,他一路见证技术和生活的演变。

热情的王阿姨

张师傅的妻子王凤琴,也曾在校园的茶炉房工作。与张师傅的沉默寡言不同,王凤琴古道热肠,是许多同学心目中"热情的王阿姨"。

茶炉房为全校师生提供热水,排队打水的同学众多,难免出现烫伤的意外情况。同学们排队等待时,常常能听到王阿姨"注意安全,不要烫伤"的提醒。不仅如此,细心的张师傅和王阿姨还在茶炉房准备了烫伤药。曾有一位同学,在打水时不慎烫伤了脚,伤口立刻发红疼痛起来。周围的同学都慌张得不知所措。经验丰富的王阿姨反应迅速,将同学扶到水龙头旁,用凉水持续冲洗烫伤的部位,缓解了烫伤部位的疼痛。简单处理后,张师傅推车将烫伤的同学送到校医院,及时治疗。

"这个孩子毕业时,还专门到茶炉房看我们,和我们道别。"王

阿姨提起这件事情，话语里都是欣慰。多年间，小小的茶炉房内，张师傅和王阿姨夫妻二人，与太多同学有过一面之缘。也许是一句细心的问候，也许是一次意外烫伤后的帮助，也许连他们自己都已不记得。那些举手之劳的善意，就像冬天从茶炉房捧出的一杯热茶，从手心暖遍了全身。

张师傅说，有王阿姨的每一天，都是热气腾腾的。

王阿姨现在主要负责第二教学楼的保洁管理事务。她的工作包括教学楼的保洁管理、人员培训和巡视检查等。早上7点半到下午5点，热心的王阿姨在楼内值班，对进出的同学微笑问候，并提醒同学们佩戴好口罩。此外，她还负责物品报修、遗失物品登记和领取。疫情防控期间，学校对于教学楼环境的消毒消杀工作要求非常严格。王阿姨负责保洁巡视检查和环境消杀，烦琐又重复的工作没有磨灭王阿姨的热情，她始终认真地对待，并乐在其中。

2022年春天，北大有许多同学成为北京2022年冬奥会和冬残奥会志愿者。经过培训后的王凤琴阿姨，担任北京大学昌平新校区冬奥志愿者驻地保洁团队的领队，带领团队的姐妹们承担了志愿者闭环管理的环境清洁、消杀工作。70多天的闭环式管理，王阿姨与志愿者同学们一起生活，度过了一段难以忘怀的日子。

冬奥会和冬残奥会的学生志愿者们，工作时间不尽相同。相应地，王阿姨和同事们也没有固定下班时间。日常工作包括室内公共

区域和房间卫生消杀，开窗通风，其余便是随叫随到的机动时间。整整五层楼的宿舍，几个人忙忙碌碌，也就不觉得工作辛苦。看到同学们房间门口贴着"阿姨辛苦了"的字条，王阿姨心中暖暖的，觉得一切付出都是值得的。

热心勤快的王阿姨，是"眼里有活干"的人。除做好本职工作，她也尽可能帮助其他服务保障团队工作：在征得防疫老师同意后为志愿者搬运餐食、水果等物资；帮助跟班老师安排志愿者同学就医，并沿路做好消杀工作。遇到工作中出现的突发紧急情况，王阿姨总是自告奋勇、冷静沉着地冲在处理问题的第一线。在她的带领下，保洁团队有条不紊地开展工作，圆满完成了冬奥会和冬残奥会的保障工作。

坚守初心，传递温度

30多年来，他们所做的一切都是为了让燕园更好。未来，他们

还要继续将这份温度传递。

张书清与妻子王凤琴同为党员,无时无刻不在发挥着党员的模范带头作用。

坚守岗位数十年的他们,始终以"让校园变得更好"作为自己的责任,将工作融入日常的生活中。每年的迎新和毕业季,张师傅都会承担起帮同学领取存放行李的工作。无论何时何地,只要同学需要帮助,他总能及时赶到,任劳任怨地付出。每当谈及在北大工作的30多年,张书清和王凤琴眼里满是自豪。"家人很支持我们的工作,学校领导、老师、单位也关注我们的生活。对现在的工作环境和状态,我们都感到很满足。"

如果问起他们,这份工作带来最大的快乐是什么,他们会回答,每天和年轻有活力的同学们在一起,他们会感到很开心,所有的付出和辛劳无怨无悔。

34年的岁月很长很长,长到他们回忆不起年轻时的样子。34年又转瞬即逝,那些数不清的清晨和黑夜,都隐没在白色的雾气当中。在燕园,每一个热气腾腾的日子,都是他们逝去年华的见证。无论是手中捧着的热水,还是暖进心头的问候,他们传递给我们的热度,足以温暖一个又一个冬天。

文 | 王静宇、孙小婕

张兆一

我在北大送快递

在北大近邻宝

有一位"管家"师傅张兆一

他忙前忙后

"啥活都干"

从容解决每个突发的"小意外"

不断改进、提高工作效率

看见"最后一公里处"的他们

披星戴月,迎接"双十一"大考

如果将近邻宝的日常工作比作静静流淌的江水,那么"双十一"购物节的来临就如同汛期来临时的洪峰。作为"水文站"的观测员,近邻宝的师傅们需要打起十二万分精神,早做准备,密切配合,才能顺利度过这场"洪潮"。

10月26日起,近邻宝的师傅们就开始忙活起"双十一"的第一项准备工作——搭建临时货架。他们首先联系学校保卫部将近邻宝柜台前边的空地清理出来,再搭建棚屋、放上货架,为了保证快件投、取的秩序,师傅们还精心设计了货架编号,贴上醒目的"X号货架"指示牌。为了方便同学们夜间取件,他们得给棚屋接电,装上电灯、自动签收仪等设备,彻夜亮灯。这些庞杂的工作,"6个人一起,要不间断地连续干上4小时才能完成",近邻宝的负责人张兆一师傅介绍道。

10月31日,当"尾款人"们掐着"ddl"付完尾款,北大近邻

宝的师傅们也开始投入"双十一"的火热工作中。这期间，他们需要提前一个多小时开始工作，处理完前一晚没来得及投递的快件后，再接着投递从全国各地源源不断新到站的包裹。卸货、消杀、分类、编码、投递、答疑……师傅们穿梭在成堆的包裹中间，直到夜色渐浓，校园里的人声渐渐褪去，他们才能把当天晚上11点前运送来的所有快递都处理完成，结束一天的工作。

此外，由于电子产品、化妆品等贵重、易碎物品必须放在设有密码、装有监控的快递柜里，才能保证安全，因而数量有限的快递柜在"双十一"期间就成了稀缺资源。这时候，近邻宝的投递员只能时刻守在快递柜旁，在同学取件离开后，迅速把包裹投放到刚刚空出来的柜子里，提高快递柜的运转效率。

坐标系：编号12-1-1198

想必经常往返于近邻宝的你，看到"12-1-1198"这串眼熟的编码很快就能明白，它是指快递被放在12号货架的第一层，编号1198。这样一套简单实用的编码系统，是张兆一师傅逐渐摸索出的经验。

在每年的开学季、毕业季等时间节点，当快件量激增，室内快递柜难以满足包裹存放需求时，师傅们就会在室外搭建棚屋作为临时快递点。过去，临时快递架上的包裹用一套有限的编号标记，师生们按照短信收到的取件码取走对应的快递。但这样操作，有限的编号序列在短期内必然会重复，收件人在没有核对快递单信息的情况下，很容易取走他人来不及取走的同一编号的包裹，这大大增加了错取、丢件的概率。

张兆一师傅在2022年开学季开始了优化编码系统的实践。他不再把已经使用过的编码继续赋给其他快件，而是在一个较长的周期内将快递编号顺延，避免取件码重复造成的错取和丢件。同时，通过坐标系式的三组数字（如"12-1-1198"），张师傅将货架、层数、具体编号表述得一清二楚，也充分保证了冗余度。据张师傅介绍，2022年"双十一"，每个临时货架的每一层在一周内都会预留3000个号码，确保周内抵达的包裹在取件编号上从前到后无一重复。此外，

他还针对同学们反映的"手写编码看不清楚""容易看错数字"等问题,把过去的手写编码改为打印的贴纸。更清晰的编码系统,只为让每一位北大师生的快递收取更加便利高效。

错取、丢件的原因不一而足,每天都会给张师傅带来新难题,但他总能从容解决各种"小意外"。为了保护快件的安全以及方便找回丢失的快件,2022年,近邻宝的室内快递柜和室外帐篷里都架设了摄像头,监控区域基本覆盖近邻宝的各个角度。通过查找监控协助寻回包裹,是张师傅的工作日常之一。有着丰富工作经验的他,总是能帮大家找回因各种原因被错取的快件,并妥善解决因取错快件而产生的问题。

"血液循环系统"

投递环节宛如近邻宝工作流程中的"血液循环系统",而负责投递的三位女快递员——孙艳华、鲁春红、郑佳琪——则扮演了心脏和血管的角色。她们穿梭在近邻宝林立的快递柜中,将大大小小的快递准确无误地安放进方格中。投递环节每天共计约为五个多小时,女快递员们的投件速度必须达到每小时400件以上,这对她们的速度和准确率提出了很高要求。

郑佳琪师傅在三位投递员中年纪最小,尽管在近邻宝工作尚未满两年,她却已经摸索出一套"快拿快放,百投百中"的看家本领。每天8:30左右,接过装满已消毒快件的推车,郑师傅就开始了一天的工作。她总是从1号快递柜的ABC端开始投递,于UVX端结束,此时2号柜的ABC端正好与1号柜的UVX端蛇形相接,她也就顺势开始2号柜的投递,这样一来,投递员们在工作时就不需要走回头路,不仅提高了工作效率,也减少了快件误投、漏投的情况发生。

投递时,师傅们需要先用设备扫描快件上粘贴的二维码,拍下快递单上的必要信息上传,再打开快递柜,扫描柜门上的二维码,然后才能将快件放入其中。柜门一关,取件信息就会发送到收件人的手机里,伴随着一声"成功!"的提示音,一份快件的投递才算完成。穿梭在高大的快递柜之间,三位"快递女侠"推着满载包裹的推车,一边迅速地扫描、拍照,一边根据快件的尺寸将快件放进相应大小的快递格中,再关门,又拿件……一系列动作行云流水,已如肌肉记忆一般。据郑师傅介绍,她们投递一个快件,通常仅需

不到一秒钟的时间。在所有包裹投递完成后，师傅们还会把系统显示为空的快递格重新打开，检查里面是否有误投的包裹，进一步提高工作准确性。

生日快过完了，礼物还能送到吗？

2022年11月4日晚上9点多，满满一车快递运抵近邻宝等待派件。此时，张兆一师傅接到了一位同学打来的电话，询问能否当晚取到自己的快递。原来，这位同学为11月4日当天过生日的朋友准备了一份礼物，眼看着这天即将结束，焦急的他只好打电话到快递点，希望能想办法尽快拿到这份重要包裹。

一般来说，深夜抵达的快递，师傅们要到次日一大早才会开始投递并发送取件短信。但考虑到生日礼物的时效性与仪式感，张师傅非常理解同学的急切，在问清楚快递单号等信息后，他把这份特殊包裹的具体位置详尽地告诉了那位同学，"一千件，千里挑一，你自己试着找一找吧"。晚上11点46分，这位同学在一堆还未来得及处理的包裹中奇迹般地找到了自己那份承载着深厚友谊的礼物。得知这一消息，张师傅感到很宽慰，同时不忘在后台处理好这份快递的签收信息。

类似的"特殊"取件、寄件诉求数不胜数。"您好，我这个快递能不能下周一到？"面对规定寄到日期的快递，前台的张辉师傅会把它留存下来，按时寄出。有时候，他也会为了同学较为迫切的寄件要求提前到岗。"只要力所能及，我们都想办法满足。"张辉师傅总是规范地选用纸箱、气泡袋，一层一层包裹好每一件物品，岁月悠悠，那些或依循岁时节令或一时兴起而传达的美好心意，那些虽然普通却关系生活中小小温暖的物件，都因为近邻宝工作团队的用心，按时抵达。

耐心聆听、恳切回应每一位师生的诉求之余，师傅们还会主动替他们着想。"双十一"后期最容易碰到退换货的情况，张兆一师傅说，在北大近邻宝，有退货需求的师生不用亲自取出快递再寄回，他们可以直接把单号发来并标注拒收，张师傅就会在系统上将其标注为问题件，请对应快递公司的工作人员顺带运回。而当师生前来邮寄退换商品时，他们会在对方同意的前提下细心地帮忙检查，如果出现影响二次销售的情况，就会建议不要再退回去了，以减少因商家拒收而造成的损失。此外，师傅们会在寄件时循环利用大家拆快递时留下的包装纸箱，既环保又能为师生省下一笔包装费用……数年来，他们始终满怀热忱与真挚，坚持做好"服务"这件小事。

在近邻宝，递出善意

传递来自各地的包裹，近邻宝的工作更需要和人打交道。日复一日，师傅们坚持将"烦琐的工作仔细做，重复的工作创新做"。

疫情以来，消杀成为近邻宝必不可少的工作程序，侯庆岩师傅用一丝不苟的态度，守着快递到校的第一站。每当快递车满载包裹而来，他都会第一时间跑上前去，把货物从狭窄逼仄的车厢运到地上，再将它们平铺进行六面消毒，静置20—30分钟后这些包裹才能被投递。此外，侯师傅每天还需要对快递柜、前台、货架等进行至少三次环境消杀。这一过程烦琐而劳累，他往往会出一身的汗，胳膊也常有酸痛感，但侯师傅从未有过怨言，始终坚持勤恳工作，为师生们送去最安全的快递。

在近邻宝，寄错件、没收到短信、找不到快递是常有的事。例如，每年毕业季都会发生因忘记更改地址导致包裹误投的情况，暖心的近邻宝师傅们总会不厌其烦地帮助毕业生把快递寄去新的地址。如果同学们到了新的城市，暂时没有可供收货的地址，师傅们就会把包裹暂存在近邻宝，待到收件人方便时再转寄给天南地北的他们。最近，购物平台启用了订单号码隐私保护，使得近邻宝的派件系统无法直接向收件人的手机号发送短信，这不仅给师生们取件带来麻烦，还降低了近邻宝的工作效率。为此，张兆一师傅着手更新系统，将已识别的号码存储在数据库中，当这一号码再次出现时就无须重复识别，大大提高了工作效率。

一条条取件通知，记录着每一位近邻宝师傅辛勤忙碌的日常。因为他们的存在，来自天南地北的快递，才在"最后一公里处"准确抵达收件人手中。其实，快递师傅们忙到"脚不沾地"的日子又何止开学季、毕业季、"双十一"？他们像千千万万平凡的劳动者一样，日复一日，穿梭在大大小小的包裹间，耐心串起寄件人与收件人之间的联结。

文｜陈艺、陈汐玥、唐儒雅、郭雅颂

鸣谢　北京大学教务长办公室
北京大学艺术学院
北京大学房地产管理部
北京大学会议中心
北京大学餐饮中心
北京大学动力中心
北京大学公寓服务中心
北京大学校园服务中心
北京大学保卫部
北京大学图书馆